la chute de la maison Spencer

J'AI LU

JACQUES SADOUL	*ŒUVRES*
Cycle du Domaine de R. :	
LA PASSION SELON SATAN	*J'ai Lu* 1000**
LE JARDIN DE LA LICORNE	*J'ai Lu* 1045**
LES HAUTES TERRES DU RÊVE	*J'ai Lu* 1079**
LA MORT DU HÉROS	
HISTOIRE DE LA SCIENCE-FICTION MODERNE	
L'ENFER DES BULLES	
LE TRÉSOR DES ALCHIMISTES	*J'ai Lu* A258***
L'ÉNIGME DU ZODIAQUE	*J'ai Lu* A299**
LES FILLES DE PAPIER	
LES TROIS VISAGES DE L'ASTROLOGIE (en collaboration avec M. Gauquelin)	
HIER, L'AN 2000	
LE GRAND ART DE L'ALCHIMIE	*J'ai Lu* A329*
PANORAMA DE LA BANDE DESSINÉE	
ANTHOLOGIE DE LA LITTÉRATURE POLICIÈRE	
ANTHOLOGIE DE LA LITTÉRATURE DE SCIENCE-FICTION	
Cycle Carol Evans :	
L'HÉRITAGE GREENWOOD	*J'ai Lu* 1529***
LA CHUTE DE LA MAISON SPENCER	*J'ai Lu* 1614***
L'INCONNUE DE LAS VEGAS	

JACQUES SADOUL

la chute de la maison Spencer

Éditions J'ai Lu

1

L'enfant apparut brusquement dans la lumière des phares et j'écrasai la pédale du frein. J'avais cru qu'il allait se jeter sous les roues de la voiture ; je comprenais maintenant qu'il cherchait à m'arrêter. Que pouvait bien faire ce gosse, en pleine nuit, sur cette route de montagne ?

Je pris la lampe de poche que je garde toujours, rangée près du Colt, dans la boîte à gants, et j'éclairai les fourrés sans rien découvrir de suspect. Laissant tourner le moteur, je descendis de voiture pour m'approcher de l'enfant.

— Que fais-tu là ?

— J'veux rentrer chez moi, répondit-il simplement.

Il fit deux pas et vint se placer dans la lumière des phares. Le coup de feu me prit complètement au dépourvu, la balle siffla à mon oreille, nous ratant de peu. Je plongeai derrière la Cadillac, entraînant le gamin avec moi ; les vieux réflexes jouaient, je me croyais à nouveau au Viêt-nam. Une nouvelle balle vint fracasser le pare-brise.

— Reste allongé derrière la voiture et ne bouge pas, dis-je à l'enfant.

Je rampai jusqu'à l'avant du véhicule pour observer le versant de la montagne d'où partaient les coups. La clarté lunaire découpait seulement les silhouettes des pins qui s'élançaient à l'assaut de la pente ; la forêt de San Bernardino s'étendait à perte de vue. Le tireur pouvait être embusqué n'importe où.

— Ça va ? demandai-je au gamin.

— Ouais, me répondit-il avec assurance, on peut toujours s'échapper dans les bois, il ne nous aura pas.

Deux nouvelles détonations retentirent et une balle vint briser un de mes phares qui explosa au-dessus de ma tête ; je n'eus que le temps de me rejeter en arrière. Néanmoins, j'avais aperçu l'endroit d'où l'on tirait. Il fallait réagir, il n'est pas dans ma nature d'attendre à plat ventre qu'on me prenne pour cible, ceux qui s'y sont risqués peuvent en témoigner du fond de leur tombe. J'ouvris la portière droite de la Cadillac et attrapai le Colt Commander dans la boîte à gants, en prenant bien soin de ne pas relever la tête.

Je retournai à l'avant de la voiture, appuyai la crosse de l'arme sur le pare-chocs et tirai deux fois au jugé. Le gros 45 tonna dans la nuit et les déflagrations se répercutèrent contre le flanc de la montagne en un roulement prolongé. En vérité, je n'avais pas la moindre chance d'atteindre notre adversaire, mais il saurait ainsi que nous n'étions pas privés de moyens de défense.

— Chouette, alors, s'exclama le gamin, ça tire dans tous les coins ! Pourquoi vous avez un revolver ?

— Comme tu vois, pour me défendre si on m'attaque.

— Mon grand-père, il a toujours sa Winchester, dit-il fièrement. Même qu'il m'en a promis une pour mes onze ans.

— Tu tueras des Indiens ?

— Bof ! il n'y en a plus. Je tirerai sur les écureuils.

Tout en échangeant ces quelques mots, je m'étais légèrement redressée pour examiner la route ; nous étions à cent mètres à peine du prochain lacet. Il fallait prendre le risque de foncer. J'ouvris la portière arrière du véhicule et fis signe au gosse.

— Monte et couche-toi sur la banquette, lui dis-je. Surtout ne relève pas la tête.

Je m'allongeai à demi sur le siège avant et fis tomber d'un coup de crosse le pare-brise lézardé. Il s'émietta sur le capot comme une pluie de grêlons. Le moteur tournait toujours et je pus démarrer en trombe ; je ralentis à peine dans le virage malgré la mauvaise visibilité due à l'unique phare qu'il me restait. Ma roue droite heurta un rocher qui dépassait au bord de la route et, un instant, j'eus peur de perdre le contrôle du véhicule. Je m'accrochai au volant et parvins à redresser ; j'étais couverte de sueur ; je ralentis au lacet suivant, notre agresseur devait être loin.

— Tu peux te relever, dis-je à l'enfant, il n'y a plus de danger. Maintenant, j'aimerais que tu m'expliques ce que tu faisais là et pourquoi on te tirait dessus.

— Grand-père dit toujours que les femmes sont trop curieuses, répondit-il simplement.

Charmant bambin ! Je me retins de ne pas lui envoyer une gifle. J'ai toujours pensé que les enfants étaient des monstres haïssables, voilà qui allait me conforter dans cette conviction.

— Puis-je au moins savoir ton nom ?

— Mon nom, c'est Billy ; je suis le petit-fils de Mat Spencer, tout le monde le connaît à San Bernardino, dit-il fièrement. Son ranch se trouve près de Meyers Road, après Arrowhead Springs.

Je connaissais l'endroit, j'y étais passée le matin même avant de m'engager dans la montagne pour grimper jusqu'au lac Arrowhead. En revanche, le nom de Spencer ne me disait rien.

— Que fait ton grand-père ?

— Vous ne le connaissez pas ? Ben, vous êtes un rien cloche, vous.

— Désolée, je ne suis pas d'ici.

Il eut une moue dégoûtée — pouvait-il s'abaisser à faire la conversation à une étrangère ?

— Grand-père est le patron de *Los Dudes*, c'est un très grand ranch, il m'emmène partout.

— Tu vis seul avec lui ?

— Non, il y a ma mère et puis Liz...

— Et ton père ?

— Ça vous regarde ? J'aime pas les questions.

— Bon, comme tu voudras, je m'expliquerai avec ton grand-père.

Il se tut et se blottit au fond de la voiture, boudeur. Je ne tirai plus rien de lui. Je m'interrogeais encore sur cette étonnante aventure quand l'embranchement d'Arrowhead Springs me surprit au détour d'un lacet. Nous étions plus près de la ville que je ne l'aurais cru. Je ralentis.

— Guide-moi, maintenant, Billy.

Il me fit tourner plusieurs fois à droite et un grand portail de bois, surmonté de l'inscription *Los Dudes*, se présenta bientôt à nous. Je dus encore rouler trois miles avant d'arriver aux bâtiments. Une fenêtre était éclairée et je klaxonnai deux fois. Un homme, une Winchester négligemment posée au creux de son bras, sortit. Le gamin bondit hors de la voiture et courut vers lui.

— C'est moi, grand-père ! cria-t-il.

Celui-ci le souleva du sol et le serra contre lui.

— Où étais-tu passé, petit diable, je te croyais

chez Clay ? Enfin, nous verrons ça. Mais qu'est-il arrivé ? ajouta-t-il en découvrant l'état de la voiture. Vous avez eu un accident ?

Je sortis à mon tour de la Cadillac et m'avançai.

— Bonsoir, je m'appelle Carol Evans. J'ai trouvé cet enfant dans Rim of the World Drive, un peu au nord de la ville. Nous avons alors essuyé plusieurs coups de feu.

— On a tiré sur Billy ?

— J'en ai bien peur, le tir a commencé dès que Billy a été visible dans la lumière de mes phares.

— Venez, dit-il simplement.

Il prit le gamin par la main et je les suivis dans l'importante bâtisse dont je discernais les contours derrière eux. Ils me précédèrent dans un immense living meublé à l'ancienne ; le mobilier avait dû être acheté avant-guerre et accusait sa fatigue.

Le grand-père conduisit Billy au pied d'un escalier intérieur qui menait au premier étage.

— Liz ! appela-t-il d'une voix forte.

— Oui ? répondit une voix féminine ensommeillée.

— Je t'envoie Billy, occupe-toi de lui. Allez, monte, dit-il au gamin après avoir déposé deux baisers sur ses joues.

Billy ne se fit pas prier et s'élança dans l'escalier. Son grand-père le suivit des yeux, on sentait chez lui une très grande tendresse pour l'enfant.

Le vieil homme revint vers moi, le visage grave. Il devait avoir dépassé la soixantaine, il était grand, encore mince, le visage buriné par la vie au grand air. Je lui trouvai assez d'allure ; un homme autoritaire, à n'en point douter.

Il me désigna de la main un sofa sur lequel je m'assis. Lui-même s'installa face à moi près d'un guéridon surmonté d'une lampe à pétrole du siècle dernier qui aurait fait le bonheur d'un antiquaire de la Cinquième Avenue.

— Que s'est-il passé exactement ? me demanda-t-il.

Je lui fis un récit complet des événements. Il parut surpris quand je parlai de mon arme, mais ne m'interrompit pas.

— Vous êtes certaine que c'est Billy que l'on visait ?

— Ce ne peut être moi, je passais là pour la première fois de ma vie. D'autre part, le premier coup de feu a retenti quand le gamin s'est avancé dans les phares de la voiture. Ce qu'il faudrait savoir, c'est ce que Billy faisait là au milieu de la nuit ; j'ai essayé de l'interroger, mais il n'a rien voulu me dire. Je crois que vous lui avez appris à se défier de la curiosité des étrangers... et des femmes.

— Ne m'en veuillez pas, Miss Evans, je suis veuf depuis longtemps et je vis un peu comme un sauvage. N'ayez crainte, Billy se confiera à moi, cette affaire me préoccupe beaucoup et je compte aller au fond des choses.

Il réfléchit en silence quelques instants, puis comme s'il se rendait à nouveau compte de ma présence :

— Au fait, où habitez-vous ?

— Au nord de Hollywood.

— Dans ce cas, il est trop tard pour vous reconduire chez vous, vous allez passer la nuit ici. Je vais donner des ordres pour qu'on répare votre voiture à la première heure, vous pourrez reprendre la route en fin de matinée.

Il sonna et une femme de chambre mexicaine parut, un peignoir hâtivement passé sur ses vêtements de nuit.

— Servez-nous du lait et des sandwiches, Juanita, ordonna-t-il, et préparez la chambre verte pour madame.

Se tournant vers moi, il ajouta :

— Je manque à tous mes devoirs, je ne me suis même pas présenté : je suis Matthew Spencer, maître après Dieu de ce ranch. Considérez-vous ici comme chez vous, Miss Evans.

— Je vous remercie, Mr Spencer, et j'accepte avec plaisir votre hospitalité. Le calme de cette maison est agréable après cette fin de soirée mouvementée.

— Vous me paraissez être une femme tout à fait remarquable, Miss Evans, j'admire le calme et le sang-froid dont vous avez fait preuve au moment du danger ; bien des hommes se seraient affolés. Puis-je me permettre de vous demander ce que vous faites en Californie, si je ne suis pas indiscret ?

— Rien de spécial, je suis en vacances. C'est d'ailleurs la raison de ma présence ici, ce soir ; j'ai voulu profiter de cette belle journée d'automne pour visiter la région du lac Arrowhead et la forêt qui l'entoure.

— Très beau pays, vous avez bien choisi. N'oubliez pas de jeter un coup d'œil à la réserve indienne de San Manuel, c'est tout près.

Un bruit de porte violemment claquée nous fit sursauter. La silhouette d'une jeune femme en chemise de nuit de soie noire apparut au haut des marches de l'escalier ; elle descendait lentement, encore ensommeillée. C'était une brune à la poitrine généreuse, son mince vêtement ne laissait rien ignorer de son anatomie. Elle s'arrêta au milieu de l'escalier et dut se tenir à la rampe pour ne pas tomber. Cette femme était droguée ou ivre.

J'observai Spencer dont le visage se contracta sous l'effet de la colère.

— Que venez-vous faire ici, Dixie ? lui demanda-t-il rudement.

Elle eut un hoquet, nous considéra tous les deux un instant puis s'esclaffa. Pas de doute, elle était ivre. Elle acheva de descendre l'escalier et vint s'affaler dans un fauteuil.

— Qu'est-ce que c'est que cette fille ? demanda-t-elle en me désignant de la tête. Pourquoi ramène-t-elle Billy au milieu de la nuit ? Je suis sa mère, après tout, j'ai le droit de savoir. On ne me dit jamais rien...

— Retournez immédiatement dans votre chambre, Dixie, vous n'êtes pas en état de vous montrer.

— Non ! je ne veux pas, répondit-elle en pleurnichant.

— J'ai dit *immédiatement,* Dixie, sinon j'appelle Miguel et je vous fais reconduire de force, s'il le faut.

Il sonna la femme de chambre.

— Juanita, aidez madame à regagner sa chambre.

Dixie se laissa conduire sans protester davantage. Je me dis que cette scène avait déjà dû souvent se produire dans le passé.

— Veuillez l'excuser, Miss Evans, reprit Spencer. Depuis la mort de mon fils, ma belle-fille a pris la mauvaise habitude de boire et je ne puis supporter de la voir dans cet état. Quand on pénètre dans une famille à l'improviste, on y découvre toujours quelque secret honteux.

— Soyez sans inquiétude, Mr Spencer, je sais me taire. Avec votre permission, je vais profiter de la chambre que vous voulez bien m'offrir, il est déjà tard.

— Je vous en prie, Juanita va vous y mener, dit-il en sonnant une nouvelle fois la femme de chambre.

Je la suivis au premier étage. Elle me conduisit dans une vaste pièce avec salle de bains particulière.

Là encore, les meubles dataient d'une autre époque, tout était propre et pourtant sentait la poussière comme si personne n'avait habité ici depuis des années. Dès que la jeune Mexicaine fut partie, je me déshabillai et passai sous la douche avec soulagement, car la journée avait été longue et dure. De retour dans la chambre, une serviette enroulée autour du corps, je trouvai Dixie Spencer assise sur le bord du lit. Elle paraissait avoir retrouvé un aspect normal.

— Où avez-vous trouvé le gosse ? me demanda-t-elle.

— Dans la forêt, je descendais par la route du Bord du Monde. On nous a tiré dessus.

— Tiré ?

Je lui racontai.

— C'est dingue ! Qui pourrait vouloir tuer un gamin de dix ans ? Il faut être fou... ou alors il a encore fait quelque énormité qu'on m'a cachée...

— Il est dur ?

— Pire que ça. Mis à part son grand-père qu'il adore, il nous rend la vie impossible à tous. Mais de là à lui tirer dessus... peut-être a-t-on voulu seulement l'effrayer ?

— C'est possible ; il faudrait savoir ce qu'il faisait dans les bois à cette heure et qui le suivait. J'ai eu beau le questionner, il n'a rien voulu me dire.

— Ça ne me surprend pas, il ne se confiera qu'à Mat.

Dixie s'était à demi allongée sur le lit et m'observait, visiblement peu désireuse de s'en aller. Elle avait un corps de femme épanouie avec tout ce que cela comporte de mollesse des chairs ; elle devait plaire aux hommes, ils aiment ça. Mais pour tout dire, elle ne me déplaisait pas. Son regard se posait avec insistance sur la serviette enroulée autour de mon corps, je sentais qu'elle n'attendait qu'un encouragement de ma part. J'allai m'asseoir près d'elle et détachai la serviette qui glissa sur mon ventre, dévoilant ma poitrine. Dixie se redressa et commença à caresser un de mes seins.

— Vous me plaisez, murmura-t-elle.

— Votre mari est mort, m'a dit Mr Spencer ?

— Mort ?

Elle eut un rire sans joie et retira sa main.

— C'est ce qu'il dit, en effet. La réalité est tout autre ; John est parti alors que j'étais enceinte. Il s'était fâché à mort avec son père ; le vieux est un véritable tyran, vous savez.

— Pourquoi vous abandonner, vous ?

— Il ne m'aimait déjà plus. Au début, son père n'était pas très favorable au mariage, puis il a complètement changé d'avis lorsque John l'a menacé de quitter la maison. Alors, Mat n'a eu de cesse de nous voir mariés, il pensait que cela fixerait John. Mais nous nous sommes mal entendus dès le début et j'ai commencé à boire ; John est parti pour me fuir autant que pour échapper à la tutelle de Mat.

— Vous n'êtes pas divorcés ?

— Non. Cela fait maintenant douze ans que je suis enfermée dans ce trou à rats, et j'en crève. Au bout des sept ans légaux, j'ai supplié Mat de me laisser reprendre ma liberté ; il n'y a rien eu à faire. L'honneur du nom...

La serviette glissa à terre, découvrant la toison noire de mon bas-ventre.

— Pourquoi êtes-vous restée ?

— Manque de fric, vous pigez ? Je préfère encore crever d'ennui ici au bord de la piscine qu'être serveuse dans un snack-bar. Mat n'est pas éternel et je n'ai que trente-quatre ans ; quand il sera mort, à moi la belle vie ! C'est ça qui me permet de tenir le coup, ça et le whisky. Tu parles, dire que j'avais cru tirer le gros lot quand j'ai épousé John ! Mes parents tenaient un petit garage à Pomona et, comme j'étais fille unique, ils ont tenu à m'envoyer à l'université. Une riche idée qu'ils ont eue là ! John faisait partie de l'équipe de base-ball ; je ne savais rien faire, mais j'étais plutôt bien roulée, alors on m'a prise dans le groupe des *cheerleaders*. En minijupe et bustier, nous étions drôlement sexy ! John m'a remarquée et m'a demandé de sortir avec lui ; au début je n'ai pas voulu, il faisait intellectuel maigrichon et moi j'aime les gros costauds. Puis on m'a appris qu'il était bourré de fric, alors, lorsqu'il a de nouveau tenté sa chance, j'ai accepté. Il avait trois ans de plus que moi et pourtant c'était un gamin, j'ai même réussi à me refuser à lui en lui faisant croire que j'étais vierge ! Finalement, il m'a demandé de l'épouser avant la fin de l'année.

— Ce choix n'a pas dû plaire à son père.

— Au début, non, comme je vous l'ai dit. Puis John a menacé de quitter le ranch et de s'installer avec moi à Los Angeles, il avait un peu d'argent du côté de sa mère. Mat a cédé ; c'est un *self-made man* qui ne s'est jamais senti à l'aise avec les gens de la haute. Une fille de garagiste lui convenait aussi bien qu'une autre dans la mesure où elle fixerait son cher fils au bercail. Le père et le fils ne s'entendaient déjà plus et John désertait *Los Dudes* à la moindre occasion.

— Je comprends. Il y a pourtant une chose... De la part de votre mari, au moins, ce mariage était un mariage d'amour ; or, vous venez de me dire qu'il ne vous aimait plus...

— Il était moins godiche que je ne l'avais cru. Lors de la nuit de noces, il s'est tout de suite rendu compte que je n'étais plus intacte. Qu'est-ce qu'il m'a passé ! Il m'a même giflée, je ne l'en aurais jamais cru capable, après on s'est réconciliés en faisant l'amour ; au matin, il n'était plus le même. Je l'avais déçu, quoi. Il est resté poli avec moi, mais distant, et nos relations sont devenues purement physiques. Dès que j'ai été enceinte, il ne m'a plus touchée, il avait assuré la descendance souhaitée par son père et estimait son devoir accompli. Après ça, il s'est tiré.

— Pauvre Dixie, murmurai-je.

Pour la première fois, je lui souris. Je me levai, lui pris les mains et la fis mettre debout en face de moi. J'effleurai ses lèvres d'un baiser puis je me baissai pour saisir le bas de sa chemise de nuit ; je la retirai lentement pour avoir mieux le temps de découvrir le corps de la jeune femme. Elle était presque aussi grande que moi, ses hanches étaient plus larges, son ventre rond et bombé, ses seins étaient aussi lourds et volumineux que les miens. Je jetai la chemise au loin et j'appuyai mon ventre contre celui de Dixie. Je ne m'étonnai point qu'elle me laissât l'initiative.

— Je suis si seule, dit-elle avec un soupir.

Je ne sais si elle parlait pour moi ou pour elle-même. La serrant violemment contre moi, je pris sa bouche. Elle s'abandonna.

Je l'entraînai sur le lit où nous roulâmes enlacées. Elle tentait de me rendre mes caresses, assez maladroitement. Ses doigts pétrissaient mes seins trop fort et ses dents blessaient leur pointe. Je la repoussai.

— Tu me fais mal, lui dis-je.

J'enfouis ma tête entre ses cuisses et commençai à explorer son sexe. Je la sentis bientôt au bord de l'orgasme. Une onde de jouissance la laissa pantelante.

Je me redressai, insatisfaite.

— Il ne faut pas m'en vouloir, dit-elle. C'est vrai, je n'ai jamais fait l'amour avec une femme. A la *high school*, on se caressait un peu, c'est tout. Mais je suis si seule ici, si privée de toute vie normale, alors en te voyant, j'ai eu envie, voilà. Tu m'en veux ?

— Non, dis-je pour couper court. Maintenant, si tu le permets, je vais me coucher, il est plus de 2 heures.

Je devais avoir l'air furieuse car Dixie se releva aussitôt, enfila sa chemise de nuit et se dirigea vers la porte.

— Merci pour Billy et... merci pour tout, dit-elle avant de la franchir.

Cette idiote m'avait excitée sans me satisfaire et je dus me caresser longuement avant de pouvoir trouver le sommeil.

La matinée était très avancée, le lendemain, à mon réveil. Une jeune fille blonde, vêtue à la gaucho, m'attendait dans le living. En me voyant, elle se leva et vint vers moi ; son sourire était franc, on la sentait d'une tout autre nature que la pauvre Dixie.

— Bonjour, me dit-elle, je suis Lizbeth McCrea, l'intendante de *Los Dudes*. Mat m'a raconté ce que vous aviez fait pour Billy et je vous en suis très reconnaissante. Tirer sur un enfant, c'est inimaginable, à croire que la Californie attire tous les fous de la terre.

Je me dis qu'elle était bien jeune — elle ne devait guère avoir plus de vingt-cinq ans — pour être l'intendante d'un domaine tel que *Los Dudes*. Comme si elle avait lu dans mes pensées, elle ajouta :

— Une présence féminine a toujours été nécessaire ici depuis le décès de Mrs Spencer.

— Il y a pourtant la mère de Billy, fis-je observer un peu perfidement.

— Oui, bien sûr.

Elle soupira.

— Vous l'avez vue cette nuit, m'a dit Mat. Son état n'était malheureusement pas anormal, elle boit. C'est Mat qui élève Billy et je l'aide de mon mieux.

— Et le père de l'enfant ?

— Il est mort avant sa naissance.

— Mort ou parti ?

Lizbeth eut une légère hésitation.

— Ah ! vous avez parlé avec Dixie ?

Elle haussa les épaules.

— C'est la même chose ; oui, John est parti, mais il est mort pour nous. Il ne faut plus prononcer son nom ici.

— D'après Dixie, il ne s'entendait pas avec son père ?

— C'est vrai, Mat est un homme merveilleux, mais il est terriblement autoritaire. Tout va bien si l'on partage ses idées, sinon... Et John était loin de les partager.

— C'est un classique conflit de générations. En revanche, je m'explique moins pourquoi John n'a pas emmené sa femme avec lui ; après tout, elle attendait leur enfant.

— Dixie buvait déjà et elle n'était pas sérieuse ; elle a même eu une histoire avec un contremaître. Il n'allait pas s'encombrer de ça.

Visiblement Lizbeth méprisait la mère de Billy. Je comprenais que la vie de la jeune femme à l'hacienda, prise entre un beau-père autoritaire et un gamin insupportable, ne devait rien avoir d'agréable.

— John craignait que l'enfant ne soit pas de lui ?

— Oh ! non, pensez-vous !

Cette idée avait l'air de scandaliser la jeune fille.

— Billy est un vrai Spencer, d'ailleurs il est le portrait vivant de son père à cet âge. Non, en fait,

John n'a jamais beaucoup aimé les enfants et Mat désirait absolument un héritier pour le domaine, alors John lui a laissé l'enfant qu'attendait sa femme en cadeau d'adieu. Allons, assez parlé du passé, vous devez avoir faim, il est près de 11 heures.

— Je ne refuserais pas deux œufs au jambon.

Pendant que Lizbeth allait donner des ordres à la cuisine, je sortis sur le perron pour aspirer l'air frais du matin. Billy était là et jouait avec une selle de cheval ; il me jeta un coup d'œil, se demandant s'il devait me saluer ou s'il pouvait s'en dispenser. Il opta pour cette seconde solution et me tourna le dos.

— Bonjour, Billy.

Obligé de se retourner, il me fixa d'un regard noir, sans répondre. Charmant enfant ! Sans me troubler, je continuai :

— J'espère que tu n'iras pas seul dans les bois aujourd'hui.

— J'irai où ça me plaît, répondit-il hargneusement.

— Vos œufs sont prêts, Miss Evans, fit la voix de Lizbeth McCrea derrière moi.

Une demi-heure après, je quittai le ranch dans une voiture remise à neuf sans avoir revu Dixie qui dormait encore, ni Mat Spencer que ses affaires avaient appelé à Los Angeles, m'expliqua la jeune fille.

Quant à Billy, il courut se cacher dès qu'il me vit paraître. C'est bon de se sentir aimée !

2

Je roulai calmement sur le *freeway* de San Bernardino jusqu'à West Los Angeles. La journée de la veille m'avait apporté plus de distractions que je ne l'aurais espéré. D'abord la promenade en montagne le long de *Rim of the World Drive* avait été magnifique. Cette route en lacet mérite bien son nom tant le paysage est sauvage. J'y avais été sensible et pourtant je m'intéresse en général assez peu à la nature. J'ai traversé bien des parties du monde renommées pour leur beauté sans les voir. Il est vrai que j'y avais un statut assez particulier, de chasseur le plus souvent, parfois de gibier. Aujourd'hui encore, chaque fois que je vois la réclame d'une agence de voyages pour une île des mers du Sud, je me sens devenir enragée : j'ai fait un séjour involontaire, et prolongé, dans une de ces îles paradisiaques. J'en garde le souvenir d'un lieu de cauchemar où j'ai failli mourir de faim et d'ennui ; pour ne pas parler de mes démêlés avec insectes, scolopendres et autres bestioles bien décidées à me rendre la vie impossible !

Je reportai mon attention sur la circulation afin de ne pas me laisser envahir par les souvenirs. Il me fallait traverser L.A. d'ouest en est pour gagner ma villa *Sunshine* sur les hauteurs de Hollywood. Je me demandai quand même bien ce que ce sale gosse faisait seul dans la forêt au milieu de la nuit et qui avait pu vouloir le tuer. Dire que je m'intéresse aux gens serait faux : je n'éprouve aucune compassion pour eux ; qu'ils crèvent ou s'entre-tuent, je m'en moque. En revanche, j'aime savoir pourquoi et comment ; et — si possible — y assister.

Je m'arrêtai enfin devant *Sunshine*. Au diable la famille Spencer et ses problèmes ! La sonnerie du téléphone me surprit alors que je venais à peine de refermer la porte. Qui se souvenait encore de moi dans cette ville où je ne connaissais presque personne ?

A l'autre bout du fil, je reconnus la voix un peu rauque du lieutenant Cairn.

— Michael ! Je pensais que vous m'aviez oubliée...

— Pas du tout, Carol, il est impossible de vous joindre. J'ai bien dû vous appeler une douzaine de fois. Je vous dois toujours une invitation à dîner, vous en souvenez-vous ?

— Oui, Michael. Il est vrai que je n'étais presque jamais là ; pour la première fois de ma vie, j'ai fait du tourisme.

— Etes-vous libre ce soir, Carol ?

— Tout à fait.

— Alors rejoignez-moi à *La Giudecca*, c'est un restaurant italien situé à Venice, près de l'esplanade où les jeunes font du patin à roulettes, le casque de *walkman* rivé aux oreilles. C'est très facile à trouver. 6 heures et demie, ça va ?

— Entendu, j'y serai.

Cette sortie convenait parfaitement à mon humeur enjouée. Mike Cairn était mon seul ami à Los Angeles et je ne l'avais pas revu depuis la conclusion de l'affaire Greenwood, trois mois plus tôt. Je lui raconterais l'étrange aventure de la nuit dernière ; peut-être connaissait-il la famille Spencer.

Soudain, une pensée horrible me traversa l'esprit : Mike m'avait déjà vue porter mon unique robe habillée. Voilà l'inconvénient de ne pas être coquette. Je repris la voiture jusqu'à la partie commerçante de Melrose où j'eus la chance de trouver un ensemble en lamé or à ma taille, avec un sac et des chaussures assortis. De retour chez moi, je m'admirai dans la glace ; de ma vie, je ne m'étais vue aussi élégante.

Ce fut aussi l'avis de Michael lorsqu'il me rejoignit au restaurant, très en retard. Il ne faut pas s'attendre à ce que le chef de la brigade des Homicides d'une ville comme Los Angeles puisse être à l'heure.

— Carol, vous êtes resplendissante. L'air de la Californie vous réussit à merveille. Quel dommage que vous ne puissiez vous intéresser à moi...

— Pour passer mes soirées à vous attendre, Michael ? Très peu pour moi. De toute façon, je préfère vivre seule.

— Il me semble que vous n'avez pas tellement vécu seule ces dernières semaines.

— C'est vrai, j'ai passé deux mois avec Amanda dans sa villa de Bel Air, mais c'est fini. Miss Greenwood (1) est partie en croisière avec des amis et sans la pauvre Carol.

— Elle vous manque ?

— Pas du tout. Sur le moment je l'aurais bien étranglée et puis, au bout de quelques jours, je n'y ai plus pensé. Pour me consoler je suis allée passer une semaine en Arizona, chez le shérif Rawson. Nous avons fait un concours de tir quotidien.

— Je parie que vous l'avez battu.

— Oui, presque toutes les fois. Il est vrai que c'est un vieil homme maintenant, il devait avoir la main plus sûre dans le temps. Je me suis bien amusée avec lui ; il ne se passe rien dans son patelin et pourtant il connaît un nombre d'histoires fabuleux.

— Pas étonnant, cela fait quarante ans qu'il est dans le métier.

Il y eut un silence. Mike paraissait un peu hésitant comme s'il avait eu quelque chose à me dire et ne savait comment s'y prendre. Que pouvait-il avoir en tête ?

— Le district attorney m'a dit que vous l'aviez revu une fois, reprit-il enfin.

(1) Voir *l'Héritage Greenwood*, J'ai Lu, 1529***.

— Oui, Honest John tenait à me féliciter pour ma collaboration avec vos services. J'en ai profité pour lui expliquer ma situation et lui demander d'appuyer ma demande de réintégration. Il a promis de faire son possible.

— Avez-vous eu des nouvelles de votre Agence ?

— Aucune encore. Vous savez, tous les services gouvernementaux sont pourris par la bureaucratie. Il faut bien une semaine pour qu'un formulaire passe d'un bureau à l'autre, alors avant que ma demande fasse le tour de tous les services intéressés... Et puis, il ne faut pas se faire d'illusions, l'administration Carter a laissé les communistes s'infiltrer partout, ce sont eux qui m'ont fait chasser, j'étais trop dangereuse. J'espère bien que notre nouveau patron, William Casey, va nettoyer tout ça.

Mike ne répondit pas, il ne partageait pas mes idées politiques, je le soupçonnais même d'être démocrate !

— Enfin, j'attends.

— Et vous faites du tourisme dans la région.

— Oui, je vous l'ai dit au téléphone, dis-je, un peu surprise de la platitude de sa réflexion.

— Lors de notre première rencontre, Carol, vous vous intéressiez à une demoiselle en détresse, cette fois ce serait plutôt à un petit garçon perdu dans les bois, n'est-il pas vrai ?

— Quoi ?

J'étais stupéfaite, comment pouvait-il être au courant ? Déjà, lors de l'affaire Greenwood, Mike semblait connaître tous mes faits et gestes... Mais maintenant, plusieurs semaines s'étaient écoulées ; il ne me faisait pas suivre, quand même ! Je sentis la colère m'envahir et je dus pâlir car Mike s'empressa d'ajouter :

— Ne vous fâchez pas, Carol, et surtout n'imaginez pas que j'exerce une quelconque surveillance sur vous.

— Alors, je ne comprends pas, l'interrompis-je assez sèchement. Il est exact que j'ai ramené un gamin chez lui du côté de San Bernardino, ce n'est pas un crime, je suppose ?

Mon air furieux le fit rire.

— Vous me feriez peur, Carol, si je ne vous connaissais pas ; vos yeux sont semblables à deux rayons laser prêts à me transpercer ! C'est le D.A. lui-même, Honest John Mulligan, qui m'a raconté votre aventure.

— Il est devenu extralucide ?

— Pas encore. Plus simplement, il venait de rencontrer le grand-père du gamin, Matthew Spencer, qui est un de ses principaux amis politiques.

La colère qui était montée en moi s'apaisait.

— Je préfère ça, Michael ; un moment, je vous ai réellement soupçonné de me faire suivre.

— J'avoue que je vous ai fait un peu marcher, j'étais sûr que vous alliez être stupéfaite. Vous ne le serez pas moins d'entendre la suite de l'histoire. Mat Spencer était venu voir le D.A. pour lui montrer une lettre de menaces qu'il a reçue récemment ; il y était nettement fait allusion à la disparition du jeune Billy. Sur le moment, Mat Spencer n'y a pas prêté attention puis, l'autre soir, Billy a été poursuivi dans les bois par un homme. Le gamin connaît la région comme sa poche et a cru semer son poursuivant en s'éloignant du ranch ; il ne lui restait plus alors qu'à rentrer en auto-stop. Je crois que vous connaissez la suite mieux que moi, d'après ce que je me suis laissé dire.

— Je savais qu'il s'était passé quelque chose avant mon intervention mais le gamin est resté muet comme une carpe ; c'est une belle tête de cochon, entre parenthèses. Quant au grand-père, il n'avait pas l'air inquiet quand je lui ai ramené l'enfant, c'est seulement en découvrant l'état de la voiture qu'il a pris peur. Il n'a cependant rien voulu demander à Billy devant moi. Savez-vous exactement quand le gosse a été poursuivi ?

— Après le repas du soir, je crois qu'il était ressorti dans les bois à la tombée de la nuit. Il paraît que le garçon est coutumier du fait et vit comme un sauvageon.

— Oui, c'est exact, son grand-père me l'a décrit comme un vrai pionnier. Qu'a suggéré Honest John ?

— Eh bien, l'affaire va être confiée au shérif de San Bernardino, et le D.A. a conseillé à Spencer d'engager un garde du corps pour l'enfant.

Il marqua une pause.

— C'est ici que vous intervenez, Carol, reprit-il.

— Moi ?

— Oui, vous. Mat Spencer avait noté votre nom, sans doute se méfiait-il un peu de vous, et l'a cité au district attorney. Honest John, qui ne tarit pas d'éloges sur votre compte, lui a aussitôt dit que vous étiez l'homme, enfin... la femme de la situation. Spencer a paru enchanté de cette idée et a précisé qu'il vous verserait une somme importante ; il est très riche et tient par-dessus tout à son petit-fils. Afin qu'il n'y ait aucun problème légal au cas où vous seriez amenée à faire usage d'une arme, il a été convenu que le shérif de San Bernardino vous nommerait adjointe.

— J'aurai une étoile, comme dans les westerns ?

— Oui, Carol, vous aurez une étoile. Alors, que pensez-vous de cette proposition ?

— Michael Cairn, répondez, dis-je en le menaçant du doigt. Votre invitation n'était pas dictée par l'amitié, vous êtes ici en service commandé. N'avez-vous pas honte ?

— Je vous jure que j'ai tenté de vous joindre à plusieurs reprises pour vous inviter à dîner. Il faut me croire, Carol. J'aurais pu me contenter de vous convoquer à mon bureau pour vous transmettre cette offre. C'est entendu, Honest John m'a chargé de cette mission, mais pas obligatoirement devant une bouteille de *barolo*.

— C'est bon, je vous pardonne, Michael. Que pensez-vous de cette histoire ?

— Je ne sais vraiment que vous dire ; si l'on ne vous avait pas tiré dessus, je n'y attacherais aucune importance.

— Que savez-vous des Spencer ?

— Pas grand-chose, sinon que ce sont des gens riches et influents. Matthew Spencer a fait fortune dans le commerce des machines agricoles ; il a commencé tout au bas de l'échelle en rachetant au prix de la ferraille des engins agricoles hors d'usage. Il les remettait en état et les revendait avec un gros bénéfice.

— Il était mécanicien ?

— Oui, je crois qu'il a travaillé dans un garage pendant son adolescence.

— Cela explique peut-être qu'il ait laissé son fils épouser la fille de simples garagistes. Il doit être sentimental, au fond.

— Là, je n'ai pas d'opinion. J'ai eu ces tuyaux par un adjoint du shérif Blatney ; personnellement, je savais seulement que Spencer comptait parmi les amis de notre district attorney. Si vous acceptez, je pense que Blatney pourra vous en dire plus.

— Comment est-il ?

— C'est un bon policier mais il doit sa carrière à Spencer ; il lui est tout dévoué.

— Je vois. Finalement, que feriez-vous à ma place, Michael ?

— Allez-y. Votre réintégration tarde à venir et vous vous ennuyez dans la vie civile, vous me l'avez assez répété. Cette affaire vous distraira.

— C'est vrai, Mike. J'hésite cependant, ces gens ne me sont pas sympathiques, sauf peut-être Lizbeth, la jeune intendante du domaine. Mat est un homme autoritaire, Dixie, sa belle-fille, une alcoolique ; quant au gamin, c'est une punaise que j'écraserais volontiers.

Mike éclata de rire.

— Eh bien, on peut dire qu'il a rapidement fait votre conquête, Carol ! D'après mon collègue du bureau du shérif, vous n'êtes pas la seule à penser ainsi, il rend la vie impossible à tout le monde chaque fois qu'il va à l'école ou accompagne ses parents en ville. Finalement, toute cette histoire se réduit peut-être à la vengeance d'un voisin furieux qui a voulu l'effrayer.

J'eus un rire sans joie.

— Voilà où j'en suis réduite, servir de bonne d'enfant à un des *Katzies* ! Moi qui ai dirigé des commandos au Viêt-nam et combattu seule les meilleurs agents des centrales d'espionnage ennemies ou alliées. C'est vraiment brillant...

Michael Cairn posa sa main sur mon bras et exerça une amicale pression. Son contact me fit du bien. Je grimaçai un sourire.

— Redonnez-moi du *barolo*, Mike, cela m'aidera à tenir parole.

— Tenir parole ?

— Oui, depuis notre dernière rencontre, il y a près de trois mois, je me suis juré de ne plus penser au passé, surtout à la période vietnamienne. C'est difficile, car il colle à moi ; un rien, une association d'idées, un souvenir, une odeur même le fait surgir. Pourtant, j'arrive peu à peu à le bannir de mon existence.

— C'est important pour vous, Carol ?

— Très. Il y a trop de morts qui l'habitent. Oublions-le donc et parlons plutôt de vous, Mike. Que devenez-vous ?

— La routine, rien d'autre. Il ne s'est produit aucun crime sensationnel ces derniers temps. Deux ou trois petits *dealers* se sont fait descendre, une prostituée a été retrouvée découpée en morceaux derrière le *Hollywood Bowl*, rien, quoi.

— Et mon ami Nick Turner ?

— Votre ami Turner, comme vous dites, dirige toujours *La Paloma*, probablement pour le compte d'Amanda Greenwood maintenant. Il ne fait pas parler de lui. Bon, passons aux choses sérieuses, que dites-vous du menu : *bocconcini* — ce sont des petites saucisses —, *saltimbocca* et, pour finir, des *gelati* avec des fruits confits à l'intérieur. C'est excellent.

— Ma ligne, Mike ! Enfin, pour une fois... Le régime du ranch sera probablement plus frugal.

— Vous allez donc accepter ?

— En doutiez-vous vraiment ? D'abord, je n'aime pas qu'on me tire dessus et puis, mon instinct de chasseresse me dit que cette affaire est moins simple qu'elle n'en a l'air.

— Pourquoi ?

— Une impression, un détail.

— Peut-on savoir ?

— Oh ! je me fais peut-être des idées. Voici, le fils de Mat Spencer a quitté le ranch voilà dix ans à la suite d'une dispute avec son père. Jusque-là rien d'anormal, mais il est parti en abandonnant sa jeune femme enceinte.

— Cela paraît effectivement bizarre, on vous a proposé une explication ?

— Plusieurs, même : il ne l'aimait plus ; elle buvait ; elle le trompait ; il n'aimait pas les enfants ; son père, Mat Spencer, voulait un héritier pour le ranch. Ça fait beaucoup, n'est-ce pas ?

— Trop, à votre avis ?

— Oui, toutefois c'est plus une intuition qu'autre chose et je ne suis pas assez féminine pour attacher de l'importance à mes intuitions.

— Mais vous êtes très féminine, Carol. Pourquoi vous sous-estimez-vous toujours ?

Mike était lancé et il me fallut subir ses compliments jusqu'à la fin du repas. Je pensais le quitter à la sortie du restaurant, malheureusement il avait été déposé par une voiture de police et je ne pouvais pas faire moins que de le raccompagner chez lui. Il habitait dans Lankershim Boulevard au-delà de la partie mexicaine ; le petit immeuble ne payait pas de mine, il était même assez crasseux.

— Une solde de flic ne permettait pas mieux à mes débuts, s'excusa-t-il. Je suppose que maintenant j'aurais pu accéder à la maison individuelle comme presque tous les Angelenos, mais je me suis habitué à ce terrier. Vous montez prendre un verre, Carol ?

Je pouvais difficilement le lui refuser ; j'espérais qu'il ne se montrerait pas trop entreprenant. Tous les mâles vivent dans l'illusion qu'une lesbienne n'est pas différente des autres femmes, mais qu'elle a simplement été « mal baisée », comme ils disent. Et tous pensent pouvoir la révéler à elle-même.

Le deux pièces du lieutenant était bien un appartement de célibataire. Aucun effort de décoration, des meubles et des objets fonctionnels disposés sans goût. Je n'aurais jamais pu vivre dans un tel endroit sans devenir neurasthénique au bout d'une semaine.

Et je ne parle pas du désordre et de la poussière. Les hommes sont incapables de vivre correctement sans une femme pour les prendre en charge. Quelle engeance !

— Vous devriez emmener plus souvent vos petites amies ici, Michael, il y aurait beaucoup à faire.

— Oh ! c'est bien suffisant pour moi, répondit-il en prenant deux verres et une bouteille de bourbon dans un placard. Il y a peut-être deux ans qu'une fille n'est pas entrée ici ; depuis mon divorce, je me suis surtout intéressé à mon travail.

Il me tendit un verre.

— Vous trouvez cela réellement moche ? reprit-il d'une voix un peu contrite que je ne lui connaissais pas.

— Disons que j'ai vu pire, si cela peut vous rassurer.

— Je pourrais déménager, Carol, si vous acceptiez d'envisager le principe d'une cohabitation...

J'éclatai de rire.

— Décidément, Mike, vous êtes incorrigible. Je vais cohabiter avec la famille Spencer, cela me suffira pour l'instant. Bon, maintenant que j'ai vu votre antre, je me sauve. Vous m'avez fait passer une délicieuse soirée, Michael, grandement merci.

J'effleurai sa joue d'un baiser et je m'enfuis avant qu'il ait eu le temps de chercher à me retenir.

A mon retour à *Sunshine*, je me sentais très gaie. Le jeune Billy n'avait qu'à bien se tenir, son assassin aussi.

3

J'arrivai à San Bernardino le lendemain matin, un peu avant 11 heures. C'était une ville plate, laide, avec de grandes avenues bordées de pins ou de palmiers ; on aurait dit une série de petits blocs de béton coulés à même le désert. Seul élément décoratif du paysage, la splendide chaîne de montagnes qui bordait l'horizon. Certaines dépassent onze mille pieds et sont couvertes de neige tout l'hiver, ce qui n'était malheureusement pas encore le cas en cette saison.

Qui se souvient encore que c'est ici, dans cette ville, qu'a pris naissance la confrérie des Hell's Angels, il y a des années ? Tout cela paraît bien loin, maintenant.

Mairie, palais de justice, poste centrale, bibliothèque municipale et bureau du shérif, tout était réuni dans deux blocs dont on m'indiqua le chemin. Je m'arrêtai au 351, North Arrowhead, devant un petit immeuble jaune haut d'un étage seulement ; en revanche, le parking était immense, on aurait pu y faire tenir sans peine toutes les voitures de police détruites par Elwood et Jake à Chicago ! J'y pénétrai et demandai à voir le shérif Blatney. Il me fallut parlementer avec trois plantons diversement bornés avant de parvenir jusqu'à lui.

Il avait cependant dû être prévenu de mon arrivée car il vint à ma rencontre. Assez corpulent, le teint bilieux, il me fit l'effet d'avoir mal au foie. Il m'accueillit sans chaleur excessive, on le sentait sur la défensive.

— Bonjour, Miss Evans, je sais qui vous êtes, me

dit-il en m'invitant à m'asseoir, le lieutenant Cairn m'a parlé de vous.

— En bien, j'espère ?

— Si l'on veut. Il paraît que c'est Honest John qui vous a recommandée à Mat Spencer, c'est bien ça ?

— Oui, c'est exact.

— Remarquez, je ne suis pas tellement certain que ce soit une bonne idée de vous mettre sur le coup...

Il s'arrêta, incertain de ce qu'il allait dire. Je m'abstins de répondre, je me contentai de le regarder fixement ; après tout, je n'avais pas à me justifier. Il fut le premier embarrassé par le silence.

— Ce sont des idées de gens de la grande ville, ça. Ici, nous nous connaissons tous, c'est différent.

Je restais toujours muette.

— Oh ! et puis après tout, reprit-il, si Mat veut quelqu'un auprès du petit, autant que ce soit vous qu'une autre.

— Qu'avez-vous contre moi, shérif ?

Il hésita, se demandant jusqu'à quel point il pouvait se montrer franc sans risquer de se faire taper sur les doigts par ses supérieurs.

— Je n'aime pas les gens qui veulent jouer au cow-boy, finit-il par répondre, surtout si ce sont des nanas.

— Vous n'aimez pas « les nanas », comme vous dites, Mr Blatney ?

— Ça dépend pour quoi faire, certainement pas pour les laisser s'occuper de mon boulot à ma place. Enfin, auprès d'un gosse, mieux vaut peut-être une femme qu'un de mes hommes, ils n'ont pas l'habitude de jouer à la nounou. D'autant que je vous souhaite bien du plaisir, ma petite, le gamin est coton, et c'est peu dire.

— J'aimerais que vous ne m'appeliez pas « ma petite », shérif.

Il me dévisagea brusquement et nos regards se défièrent quelques instants ; il finit par détourner les yeux.

— D'accord, Miss Evans, je sais ce que vous avez fait à Los Angeles, vous n'avez rien à prouver avec moi. Je vais vous donner votre étoile et un P 38 modèle réglementaire, pas d'arme privée, tout ceci doit rester légal. Mat a beau être le patron ici, il n'est pas au-dessus des lois.

Il ouvrit un tiroir de son bureau et me tendit les deux objets puis il me fit prêter serment ; j'étais désormais shérif adjoint de San Bernardino. Je souris intérieurement en pensant à *Rio Bravo* et à tant d'autres westerns où j'avais vu cette scène ; soyons franche, cela avait une autre allure. Blatney se leva comme pour signifier que l'entretien était terminé. S'il était pressé, pas moi, il me fallait des renseignements supplémentaires.

— On m'a parlé d'une lettre de menaces, shérif ?

Il parut hésiter, puis traversa la pièce d'un pas lourd et alla prendre une feuille dans un classeur. Il revint s'asseoir et me la tendit.

— Pouvez la garder, c'est une photocopie, grommela-t-il.

C'était bien la lettre reçue par Mat Spencer. Le texte était si court que l'enveloppe avait pu être photocopiée sur la même feuille. La lettre avait été expédiée de Riverside quatre jours auparavant ; texte et adresse étaient dactylographiés. Je lus : *Cette fois vous avez dépassé la mesure, Mat Spencer. Maintenant, il ne vous reste que Billy ; il ne faudrait pas s'étonner qu'il disparaisse à son tour. Je n'hésiterai pas.*

— Ça ne veut pas dire grand-chose, dis-je, déçue, tout en rangeant le document dans mon sac.

— Non, c'est pourquoi Mat n'y a pas prêté attention. Après tout, ce n'était pas la première fois qu'il recevait ce genre de lettres dans sa vie. On ne fait pas fortune sans se faire des ennemis, faut pas rêver. Puis on vous a tiré dessus, là c'est devenu différent.

— Vos services ont-ils tiré quelque chose de cette lettre, shérif ?

— Pas grand-chose. Elle a été tapée sur une vieille Underwood, modèle d'après-guerre. La barre du *t* est légèrement tordue ; cela pourrait servir à identifier la machine si jamais on la retrouvait. La frappe est irrégulière, celui qui a tapé ne s'est servi que de un ou deux doigts ; cette personne s'exprime correctement et a une bonne orthographe. Enfin, elle est au courant des affaires de la famille Spencer puisqu'il est fait allusion au départ de John, le père de Billy.

— Quand s'est-il produit ?

— Peu avant la naissance du petit, il y a presque onze ans maintenant. John ne pouvait supporter l'autorité de son père et tout le monde s'attendait à son départ un jour ou l'autre. Je n'étais pas dans la police à l'époque, mais j'en avais entendu parler.

— Ne trouvez-vous pas étonnant qu'il ait abandonné sa jeune femme enceinte ?

— Oh ! c'est une belle garce, celle-là, vous verrez. John n'avait pas eu la main heureuse en l'épousant, c'était une Marie-couche-toi-là qui picolait. Un jour, il en a eu marre et il s'est taillé.

— Revient-il parfois ?

— Je ne le pense pas.

— Savez-vous s'il est resté en contact avec son père ?

— Aucune idée ; ça m'étonnerait, pour Mat il est mort. En quoi cela peut-il vous intéresser ?

— Il pourrait être l'auteur de la lettre.

Le shérif réfléchit un instant puis secoua la tête.

— C'est ça l'ennui, avec les amateurs, ils vont chercher des complications là où il n'y en a pas. Croyez-en mon expérience, si nous découvrons un jour le fin mot de l'histoire, il s'agira de quelque chose de très banal, une vengeance d'un concurrent ou d'un péon renvoyé.

— Un péon, ça m'étonnerait, ils ne baragouinent que l'espagnol. Cela dit, je n'ai pas votre expérience, c'est vrai, mais je crois plutôt à une affaire intérieure à la famille Spencer. J'ai reniflé une atmosphère de haine caractéristique pendant les quelques heures que j'y ai passées. Tenez, cela va vous faire bondir, pourtant je ne serais pas autrement surprise que cette lettre ait été tapée à *Los Dudes* même.

Blatney me regarda avec stupeur.

— Vous êtes dingue, finit-il par dire, vous êtes vraiment dingue ! Si jamais vous parlez de ça à Spencer, il vous sort à coups de pied au cul, et vite fait. En tout cas, moi, je ne suis pas au courant.

— D'accord, shérif. Un dernier point, peut-on se fier à l'intendante, Lizbeth ? Elle m'a fait bonne impression.

— Liz ! C'est une fille sensas. Elle est née au ranch, sa mère était l'ancienne gouvernante de John, Maybelle McCrea. Liz a succédé à sa mère quand cette dernière a pris sa retraite. Elle fait partie de la famille, en quelque sorte.

— Il y a combien de temps que vous êtes shérif à San Bernardino, Mr Blatney ?

— Ça va faire neuf ans, Mat m'a poussé à me présenter quand mon prédécesseur a démissionné pour ouvrir une agence de police privée à Phoenix pour le compte d'un cabinet d'assurances. Il paraît que ça rapporte.

Je quittai le shérif après lui avoir demandé de m'indiquer le nom d'un restaurant où je pourrais prendre un lunch rapide avant de me rendre au ranch. Il me conseilla de m'arrêter chez *Long John Silver's*, dans Highland Avenue, où je commandai une salade de crevettes et une coupe de fruits. Blatney ne m'avait finalement pas appris grand-chose, sinon qu'il ne comptait pas pousser ses investigations au-delà de ce que désirait Mat. Cela ne me surprenait guère : dès que la police se trouve en présence de gens riches ou influents, elle se sent des pudeurs de jeune fille. En revanche, s'il s'agit de pauvres diables, elle applique le troisième degré ! Enfin, j'avais bonne mine de penser du mal des flics, avec mon étoile dans ma poche... Maintenant, j'étais la loi, comme dit Droopy.

Une fois restaurée, je parcourus les quelques miles qui me séparaient de *Los Dudes*. Il y avait un parking en face de la maison et j'y garai la Cadillac. L'autre nuit, je n'avais vu que les lumières de l'hacienda et, au matin, j'étais partie sans me retourner. Maintenant, je détaillais les bâtiments avec plus d'attention. L'habitation principale était une bâtisse imposante dans le style colonial du XVIIIe siècle ; elle était flanquée de chaque côté de granges, hangars et bungalows pour les péons. Phœnix, pins et quelques orangers venaient apporter une note de verdure. Un balcon de bois ajouré, peint en gris, courait tout au long du premier étage de l'hacienda ; au second, les fenêtres étaient carrées, protégées par un croisillon de fer forgé. L'absence de véranda me surprit, peut-être l'architecte avait-il voulu respecter un style bien précis.

Dixie se tenait appuyée contre le chambranle de la porte d'entrée. Elle portait une minirobe en jean et des bottillons bleus. Elle m'adressa un signe de la main et vint à ma rencontre.

— Voilà notre bon Samaritain transformé en petit

shérif, me dit-elle, un sourire ironique aux lèvres.

— Salut. Les nouvelles vont vite, à ce que je vois.

— Penses-tu, on manque de distractions ici. Lorsque Mat a annoncé ton retour, la nouvelle s'est aussitôt répandue. Il paraît que tu es une championne dans tous les arts martiaux.

— Que t'a-t-il dit d'autre ?

— Rien, sinon que tu avais travaillé avec la police de Los Angeles, je crois. Te voilà promue garde du corps de Billy, crois-moi, ce ne sera pas une sinécure. S'il est vrai qu'il court un danger, il ne te faudra pas oublier qu'il en est lui-même un pour tout ce qui l'entoure. Plus il grandit, plus il devient infernal. Allez, viens, ne restons pas là au soleil, il est toujours aussi torride en cette saison ; bon, je vais te montrer ta chambre.

Je pris ma mallette et la suivis. Elle me conduisit dans l'aile opposée de la maison, toujours au premier étage.

— Pourquoi ce changement ? demandai-je, étonnée.

— Parce que Billy dort à côté. Il sera ainsi bien protégé, entre Lizbeth et toi, le cher petit ange.

— Et Mr Spencer ?

— Mat et moi avons nos chambres à l'autre bout du couloir, il en était déjà ainsi du temps de John. Peu de choses changent dans cette baraque, tu t'en apercevras vite. Bon, je te laisse ranger tes affaires et je t'attends à la piscine, elle se trouve derrière la maison. On y accède directement par le fond du living.

— Où est Billy ?

— Quelque part avec son grand-père, il n'a pas classe aujourd'hui. Ne t'en fais donc pas, tu le reverras bien assez tôt.

Sur ces mots, elle me laissa. J'étais, malgré tout,

un peu surprise. Je crois que je ne m'habituerai jamais à ces grandes familles où la haine semble être le seul trait d'union. J'en avais déjà eu un exemple frappant chez les Greènwood ; la tribu de Mat Spencer ne semblait guère valoir mieux. Moi, dans mon enfance, j'ai surtout connu la haine des étrangers. Nous habitions un petit immeuble de la Trentième Rue Ouest, dans Manhattan, peu à peu envahi par les juifs. Mon père, qui était pauvre et W.A.S.P. (1), a consumé sa vie à les haïr ; c'était étouffant. Le jour de mes dix-huit ans, j'ai pris la porte ; à l'époque, j'aurais voulu être née dans quelque ranch californien. Je pensais y trouver le paradis, je découvre maintenant qu'il s'agit seulement d'une autre section de l'enfer.

Dixie et Lizbeth m'attendaient au bord de la piscine en compagnie d'une blonde un peu grassouillette, la trentaine finissante.

— Kate, la femme de Gavin Spencer, le fils aîné de Mat, me dit Liz. Vous apercevez leur maison là-bas.

Je suivis son geste. L'habitation de Kate et de Gavin était proche mais indépendante de l'hacienda ; une autre façon d'échapper à la tyrannie du père, sans doute. Je pris Liz par le bras et m'éloignai de quelques pas.

— J'avais cru comprendre que Mat n'avait eu qu'un fils, John. Personne n'a jamais fait allusion à ce Gavin.

— John était le préféré, il était beaucoup plus brillant que son frère aîné. Ce n'est pas le plus grave. Gavin et Kate n'ont jamais pu avoir d'enfants et il y a eu une crise terrible à ce propos, voilà quelques années. Mat a exigé que son fils divorce mais Kate ne s'est pas laissé faire et a obtenu que son mari

(1) White (blanc), Anglo-Saxon, Protestant.

subisse un examen médical, tout comme elle. Or, c'est lui qui est stérile pour je ne sais quelle raison ; de ce jour, il a pratiquement cessé d'exister aux yeux de son père. A la naissance de Billy, Mat a reporté toute son affection sur son petit-fils. Vous verrez Gavin tout à l'heure, le repas du soir est toujours pris en commun, c'est un rite.

Je retournai auprès des deux autres femmes et m'allongeai sur une chaise longue. Liz nous apporta des rafraîchissements, son deux-pièces blanc mettait en valeur sa peau bronzée et ses cheveux dorés. Dixie portait un maillot une pièce noir ; un ovale ouvert entre ses seins révélait leur rondeur épanouie. Sa belle-sœur savait moins bien se mettre en valeur et son deux-pièces rose faisait surtout ressortir sa cellulite.

— Voilà où nous passons nos journées, très chère, me dit Dixie en affectant un ton snob, et sais-tu ce que nous y faisons ?

J'eus un geste d'ignorance.

— Nous nous y emmerdons, conclut-elle.

Cette sortie amusa les deux autres femmes qui rirent franchement ; peut-être n'étaient-elles pas loin de partager son avis.

— La vie est monotone ici, Miss Evans, convint Kate Spencer. Votre venue est déjà un petit événement pour nous. Croyez-vous qu'on veuille vraiment tuer Billy ?

— Et vous ?

Répondre à une question par une autre est un bon moyen de ne pas se compromettre et permet parfois d'apprendre quelque chose.

— Je ne comprends pas, répondit-elle ; naturellement, chacun sait que Billy est insupportable, Liz et Dixie sont trop indulgentes avec lui, mais de là à lui tirer dessus... On ne tue pas un enfant.

— On a pourtant bien essayé, dis-je.

— Enfin, à quelque chose malheur est bon, maintenant Billy ne sortira plus seul ; avant, on ne savait jamais où il était.

— Le ranch est très grand ?

— Plusieurs milliers d'hectares, dont une grande partie en forêt, précisa Lizbeth. Il est tout à fait impossible d'exercer une surveillance sur un tel territoire.

— J'aimerais en avoir une vue d'ensemble, dis-je, si c'était possible.

— Il te faudrait un hélicoptère, me dit Dixie, cependant du haut de la maison tu peux t'en faire une idée. Viens, ajouta-t-elle en se levant de sa chaise longue, je vais te montrer.

Elle me prit par la taille et m'entraîna à l'intérieur. Là, elle emprunta l'escalier jusqu'à la terrasse qui occupait une partie du toit.

— Il vaut mieux que je m'occupe de toi tant que je ne suis pas ronde, reprit-elle. Tu comprends, nous sommes les deux seules ici à ne pas faire réellement partie du clan Spencer, alors il faut s'entraider. Liz est née ici et Kate est complètement soumise tant qu'on ne cherche pas à se débarrasser d'elle. Cette fille, c'est une larve.

— Tu ne les aimes pas ?

— Liz, ça va. Bien sûr, elle me méprise parce que je suis trop souvent ivre, mais c'est une chic fille, on peut lui faire confiance. L'autre est une conne doublée d'un boudin.

Sa réflexion me fit rire.

— Au moins, toi, tu ne mâches pas tes mots ! Fais-moi voir le paysage maintenant, dis-je en m'approchant du parapet, jusqu'où s'étend *Los Dudes* ?

— Oh ! à perte de vue, sauf en direction de la ville. Là, on voit nettement la route qui délimite le ranch, ailleurs c'est *Los Dudes* jusqu'à l'horizon. Enfin, ce n'est pas tout à fait vrai en ce qui concerne la forêt, à l'ouest, mais la ligne de démarcation entre notre propriété et la forêt domaniale de San Bernardino est indécelable.

La vue s'étendait très loin jusqu'aux sierras, au sud. Sur les rares terres cultivables, on apercevait des tracteurs qui rampaient, semblables à de grosses chenilles. L'ensemble donnait une impression d'immensité.

— Il y a beaucoup de monde qui travaille au ranch ?

— Je ne sais pas, peut-être une cinquantaine de personnes. De la racaille, des Indiens qui viennent de San Manuel, et des Chicanos qui sont regroupés dans les baraquements que tu aperçois à droite de la piscine, près des buissons de bougainvillées. Ce sont Gavin et Miguel qui les dirigent, ils font fonction de contremaître, mais en fin de compte Mat surveille tout lui-même.

— Tu n'as aucun rapport avec les péons ?

— Tu es folle, autant fréquenter des nègres !

— Tu as raison, ma question était stupide.

Dixie se détourna du paysage et alla déplier une chaise longue appuyée contre un mur. Elle retira prestement son maillot et s'allongea au soleil.

— C'est toujours ici que je me bronze, dit-elle, en bas, des péons peuvent passer près de la piscine et Mat, par certains côtés, est assez puritain. Enfin du genre : on peut faire toutes les cochonneries qu'on veut en privé, mais il faut avoir une conduite irréprochable en public. Tu as une autre chaise longue si tu veux venir près de moi.

— Non, merci.

— Tu ne veux pas que nous recommencions... nous deux ?

— Mieux vaut ne pas renouveler une expérience

malheureuse, Dixie, tu n'es pas faite pour ça et puis, de toute façon, tu n'es pas mon type. Ton corps a une certaine plénitude, il est fait pour plaire aux hommes. Moi, je préfère les filles minces, nerveuses, avec peu de seins.

Elle haussa les épaules, résignée.

— C'est Liz qui te plairait, dit-elle. N'y compte pas, cependant, elle est sérieuse et puis, si Mat la voyait aller avec une femme, il la tuerait. Il la tient très serrée.

— Ça ne me surprend pas, elle est...

Un bruit strident de grincement de pneus, puis des exclamations m'arrêtèrent. Je me penchai vainement par-dessus la terrasse sans rien apercevoir ; seuls des cris me parvenaient, indistincts.

— Qu'est-ce qui se passe ? demanda Dixie.

— Je ne sais pas, il vaut mieux aller voir. Rhabille-toi et viens.

Elle s'exécuta docilement et me suivit dans l'escalier. En bas, tout le monde entourait une Land Rover. Billy était étendu sur la banquette arrière, il était très pâle et avait le visage en sang.

— Que s'est-il passé ? demanda Dixie à Miguel.

— On a tiré sur la voiture du señor Mat, répondit-il.

4

Lizbeth arriva en courant, elle portait une boîte à pharmacie. Elle s'agenouilla près de Billy, posa la tête de l'enfant sur ses genoux et se mit à nettoyer la blessure.

Mat Spencer se tenait appuyé contre la voiture, il était encore plus pâle que l'enfant.

— C'est ma faute, murmurait-il inlassablement, jamais je n'aurais dû l'emmener, c'est ma faute...

Le souffle parut soudain lui manquer et il porta la main à son cœur. Je compris qu'il était cardiaque. Liz, qui surveillait la scène du coin de l'œil, tendit une boîte de pilules à Miguel.

— Donnez-lui cela avec un peu d'eau, ordonna-t-elle.

Mat avala le médicament et s'assit lourdement sur le marchepied de la voiture. Il haletait toujours.

Je repoussai Dixie qui contemplait son fils, fascinée, et me penchai par-dessus Liz. J'examinai la blessure du gamin qui était située un peu au-dessus de l'arcade sourcilière gauche ; c'était une simple coupure.

— Il n'a rien, vous savez, dis-je à Mat en me retournant vers le vieil homme. Ce n'est pas une balle qui a fait ça.

— Vous êtes sûre ? parvint-il à articuler.

— Certaine, les coupures à l'arcade sourcilière saignent beaucoup, mais sont sans danger, et celle-ci n'est pas profonde. Ce n'est rien du tout, il ne faut pas vous inquiéter.

— Elle a raison, Mat, Billy est simplement coupé, renchérit Lizbeth en se redressant. Que s'est-il passé ?

— Tu permets ? demanda Dixie à la jeune fille.

Liz s'écarta, comme à regret, et Dixie se glissa dans la voiture près de son fils qu'elle prit doucement dans ses bras. L'enfant, encore sous l'effet du choc, s'y blottit.

Mat avait repris quelques couleurs ; aidé par Liz, il se redressa. Il passa alors son bras autour de sa taille, comme s'il avait voulu puiser une nouvelle jeunesse à son contact, et s'avança vers moi.

— Triste spectacle que nous vous donnons là, Miss Evans, me dit-il en me serrant la main. Je suis content que vous soyez arrivée, on nous a tirés comme des coyotes.

— Où est-ce arrivé ? demanda Liz.

— A hauteur de Cable Canyon, les coups de feu venaient de la forêt.

— Tu n'as rien vu ?

— Ne sois pas sotte, Lizzy, quand on te tire dessus, tu ne t'attardes pas à admirer le paysage. J'ai foncé derrière le premier bosquet venu et Billy et moi nous sommes mis à l'abri derrière la voiture. On a tiré en tout cinq balles dans notre direction, à la dernière, Billy a poussé un cri et porté la main à son visage ; il était en sang. J'ai cru devenir fou. Je me suis glissé dans la Land Rover, j'ai attrapé la carabine et j'ai vidé le chargeur dans la direction d'où étaient partis les coups. Bien sûr, c'était idiot...

— C'est certainement un éclat de pierre qui a touché votre petit-fils, Mr Spencer, dis-je. Une balle a dû le projeter en frappant un rocher près de vous. Billy a eu de la chance, deux centimètres plus bas, et l'œil était atteint.

Le vieil homme m'agrippa la main et la serra à la broyer.

— Je suis heureux que vous soyez là, Miss Evans, à nous deux nous le coincerons, ce salaud, et nous l'abattrons comme un putois ; ça, je le jure.

— Je veillerai sur Billy, n'ayez crainte.

L'arrivée du shérif nous interrompit. Il effectuait une patrouille près du ranch et l'appel de Miguel lui avait été retransmis par radio. Mat Spencer lui refit le récit de l'attentat ; Blatney écouta sans faire de commentaires. En revanche, il examina soigneusement la voiture. Les vitres latérales arrière avaient été traversées par une balle et un autre impact était visible sur le garde-boue arrière droit.

— Piètre tireur, me dit le shérif, trois balles perdues sur cinq. Le gamin n'a pas eu de chance.

— Puis-je aller avec vous sur les lieux de l'attentat ?

— Non, puisque cela s'est produit près de Cable Canyon, il n'y a rien à voir, Miss Evans.

Il repoussa son Stetson et se gratta le front comme s'il hésitait sur la décision à prendre. Il me jeta un coup d'œil de côté et revint vers Mat Spencer.

— J'ferais peut-être mieux de vous laisser un de mes hommes, Mat. Il pourrait patrouiller un peu autour de l'hacienda tandis que madame s'occuperait du petit.

— Inutile, Blatney, mon fils Gavin et ses péons s'occuperont du ranch. Ici, Miss Evans, Miguel et moi suffisent.

— Ne m'oublie pas, Mat, je sais tirer, moi aussi, intervint Liz.

— Comme vous voudrez, Mat, convint le shérif ; ne laissez pas le gamin sortir seul, et ne l'envoyez plus à l'école pendant quelques jours, ça commence à sentir mauvais. De mon côté, je ferai effectuer des contrôles sur les routes, on ne sait jamais.

Après son départ, Mat donna ses instructions aux uns et aux autres : le ranch était pratiquement en état de siège. Lizbeth reprit Billy à sa mère et le porta à l'intérieur de l'hacienda, suivie par Dixie. Mat me fit signe.

— Venez, Miss Evans, nous avons à parler, tous les deux.

Je le suivis dans un bureau attenant à sa chambre du premier étage. Le terme bureau est impropre, il s'agissait plutôt d'un dépôt d'armes. Je ne comptai pas moins de quatorze fusils et carabines accrochés aux murs ; quant aux revolvers, il en traînait un peu partout.

— J'aime les armes, m'expliqua-t-il. Quand j'entends quelque misérable politicien parler de restreindre notre droit d'en posséder, je vois rouge. Elles sont le symbole de la liberté de l'homme américain, de sa démocratie. Un peuple désarmé est un peuple esclave.

— Je suis tout à fait d'accord avec vous, Mr Spencer. « Etre armé, c'est être libre », était la devise de mon père, je l'ai faite mienne. Il nous faudra lutter pour conserver ce droit car l'administration est infestée de communistes, ceux-là mêmes dont la trahison nous a fait perdre le Viêt-nam.

— Vous êtes une femme selon mon cœur, Miss Evans, je suis sûr que nous allons nous entendre.

Il débarrassa un vaste fauteuil de cuir de quelques pistolets automatiques qui y traînaient et me fit asseoir, puis il alla préparer deux cocktails. Je pris en main un Colt Frontier de la fin du siècle dernier qui était posé sur le bureau ; il semblait neuf tant il avait été astiqué avec amour. Sa crosse comportait trois encoches.

— Belle pièce, n'est-ce pas ? me dit-il en me tendant un verre. Cette arme aurait appartenu à un des frères Clanton.

— Ceux de l'affaire de Tombstone ?

— Ceux-là mêmes, je vois que vous connaissez vos classiques.

— Faisait-on réellement une encoche dans la crosse chaque fois que l'on tuait un homme ?

— C'est une légende, j'en ai peur. Ceux qui faisaient des encoches cherchaient à impressionner, les vrais tueurs s'en gardaient bien de peur de se faire remarquer. A votre santé, Carol, ajouta-t-il en levant son verre.

Il s'assit en face de moi et reprit :

— Honest John m'a parlé de vous et de la façon dont vous aviez maté quelques flics pourris et autres gangsters. Ça m'a plu. S'il y avait davantage de gens comme vous à notre époque, l'Amérique ne serait pas tombée aussi bas. Dommage que vous ne soyez pas un homme.

— Je me sens très bien comme je suis, croyez-moi, Mat. Etre un homme ne m'aurait rien apporté de plus, rien qui m'intéresse en tout cas.

— D'accord, d'accord, après tout, on ne choisit pas ! Vous étiez dans les services spéciaux ?

— Plus exactement agent du service Action de la C.I.A.

— Et maintenant ?

— Je suis en disponibilité, j'espère être réintégrée prochainement, maintenant que les rouges de l'administration Carter ont été balayés.

— Oui, Honest John m'a dit qu'il avait appuyé votre demande. On vous reprochait de tuer trop facilement, n'est-ce pas ?

— C'était ridicule, j'ai dix collègues du service qui en faisaient autant, mais c'étaient des hommes, eux, alors on trouvait cela normal. Moi...

— Vous aimez tuer ?

Ce que je n'aimais pas, c'était le tour pris par la conversation.

— Cela m'est indifférent, dis-je sans me compromettre.

— L'homme qui menace Billy, si vous l'attrapez, qu'en ferez-vous ?

— Je suppose qu'il me faudra le remettre au shérif Blatney, après tout il m'a donné une étoile.

— Il ne faut pas faire cela, surtout pas. Cet homme doit être abattu, par vous, par moi, par Miguel, peu importe, mais abattu.

— Pourquoi ?

— Jusqu'à présent il n'est coupable que de tentative d'assassinat. Avec un bon avocat, il s'en tirera avec quelques années de prison ; il sera peut-être même acquitté si nos preuves ne sont pas suffisantes. Une fois libre, qui l'empêchera de tuer mon petit Billy ? Vous comprenez ?

— Je comprends, Mat. Vous pouvez compter sur moi.

Je pouvais toujours accepter, si cela lui faisait plaisir, ensuite on verrait bien comment les choses se présenteraient. Il poussa un soupir de soulagement.

— Honest John m'avait bien dit que vous étiez la personne qu'il me fallait. Merci, grandement merci. Nous n'avons pas encore parlé argent car je ne voulais pas avoir l'air de vous acheter, mais vous serez payée, c'est normal. Dix mille dollars quoi qu'il arrive, le double si vous mettez un point final à l'affaire.

J'acquiesçai d'un bref signe de tête.

Il ouvrit un tiroir de son bureau, même pas fermé à clef, et détacha cinq grands billets verts d'une épaisse liasse.

— Voici cinq mille à titre d'avance, me dit-il en me les tendant.

J'étais toujours en maillot et peignoir de bain et je n'avais ni sac ni poche ; je glissai les billets entre mes seins dans la plus pure tradition des filles de saloon. Après tout, on était dans l'Ouest.

— Merci, dis-je. J'aurais deux ou trois questions à vous poser. Elles vous paraîtront peut-être brutales, ne vous en formalisez pas.

— D'accord, feu.

— Ignorez-vous réellement qui s'en prend à Billy ?

— Tout à fait. Je vous en donne ma parole, il

n'a pas reconnu l'homme qui l'a suivi l'autre soir.

— Désolée si je vous fais de la peine, mais le temps des politesses est passé, Mat. Je sais que votre fils John n'est pas mort comme vous me l'aviez dit ; êtes-vous sûr qu'il n'est pour rien dans cette affaire ?

— J'en suis ab-so-lu-ment certain, répondit-il en détachant les syllabes pour leur donner plus de force. Je ne le vois plus, il est vrai, mais je sais où il vit. C'est très loin d'ici et je puis vous certifier que, hier encore, il était chez lui. De toute façon, c'est un Spencer, il ne se serait jamais attaqué à son fils.

— Très bien. Un dernier point : supposons que mon enquête m'amène à soupçonner quelqu'un du ranch ?

— Le coupable doit être éliminé, quel qu'il soit. Je vais d'ailleurs m'informer des faits et gestes de chacun cet après-midi, vous avez raison.

— Je puis déjà vous dire que Liz, Dixie et Kate se trouvaient à la piscine avec moi.

— Oh ! il ne me serait pas venu à l'idée de les soupçonner. Lizzy m'est toute dévouée et adore Billy, Dixie est ce qu'elle est, mais de là à faire du mal à son propre fils... Quant à Kate, elle est bien trop molle et n'a certainement jamais touché une arme à feu de sa vie.

— Et votre fils aîné ?

— Gavin ? C'est un imbécile.

— N'est-il pas jaloux de l'enfant ? On dit que vous présentez toujours Billy comme l'héritier de *Los Dudes*.

— C'est exact, cet idiot de Gavin ne peut avoir d'enfants. Votre raisonnement est logique, Carol, Gavin pourrait être jaloux du petit. La vie, c'est autre chose ; rien à voir avec la logique. Gavin n'oserait jamais s'opposer à moi, c'est un faible. Je vérifierai son emploi du temps, malgré tout.

— D'accord, Mat, je prends Billy en main.

Je quittai Mat Spencer et regagnai ma chambre pour me changer. J'avais oublié de demander si l'on s'habillait pour le repas du soir. Ma foi, tant pis, un jean propre et un pull feraient l'affaire. Je complétai ma tenue par un sac de toile en bandoulière dans lequel je glissai le revolver que m'avait remis le shérif Blatney. Je n'aime pas beaucoup le 38 que je trouve trop léger, rien ne vaut un bon 45 ; enfin, on fait avec ce qu'on a.

Au sortir de ma chambre, je croisai Lizbeth qui tenait Billy par la main.

— Ça va mieux ? lui demandai-je.

Le gamin me tira la langue, sans répondre.

— Il va tout à fait bien, maintenant, dit Liz. Il a eu peur, c'est tout.

— J'ai pas eu peur, j'ai jamais peur ! cria Billy rageusement.

Furieux de la réflexion de la jeune fille, il s'arracha à sa main et partit comme une flèche.

— Ne sors pas seul !

Il ne prêta aucune attention au cri de Liz et dévala l'escalier.

— J'y vais, dis-je en m'élançant à sa suite.

Il n'était déjà plus dans le living lorsque j'y parvins ; j'hésitai un instant puis j'aperçus la porte donnant sur la piscine qu'il avait laissée ouverte. J'y courus puis ralentis au moment de la franchir, les vieux réflexes reprenant le dessus. Bien m'en prit, le sale gosse avait répandu de l'huile solaire sur le sol et s'était caché derrière une chaise longue pour assister au plongeon de ses poursuivants éventuels.

J'arrêtai l'élan de Liz.

— Attention, il y a de l'huile par terre.

— Billy, tu n'as pas honte ? cria-t-elle. Reviens immédiatement, sinon j'appelle ton grand-père.

Comme l'enfant ne bougeait pas, elle se détourna et se dirigea vers l'escalier du premier étage. Comprenant que les choses allaient se gâter, Billy sortit de sa cachette et s'avança vers moi en me défiant du regard.

Au passage, je le saisis par le devant de sa chemise et le lançai à l'eau aussi facilement que s'il s'était agi d'un mannequin de son.

— Revenez, Liz ! criai-je. Il s'est pris à son propre piège et vient de glisser dans la piscine.

La jeune fille retraversa le living en courant ; elle retira ses chaussures et s'avança précautionneusement jusqu'au bord de l'eau. Là, elle aida le gamin à remonter.

— C'est bien fait, cela t'apprendra à faire des farces stupides.

— J'suis pas tombé, s'écria-t-il, aussi indigné que ruisselant. C'est elle qui m'a jeté à l'eau !

— Ne dis pas de bêtises, Billy, dis-je d'une voix posée. Liz sait très bien que je n'ai pas bougé d'ici, et la piscine est trop loin pour que j'aie pu t'y lancer.

— C'est vrai, coupa Liz, inutile de mentir. Mat aurait peut-être pu le faire mais sûrement pas une femme ; alors n'insiste pas et viens te changer, tu es dans un bel état maintenant !

Elle entraîna l'enfant qui, au passage, me jeta un regard où le respect le disputait à la haine.

Après leur départ, je gagnai tranquillement la petite salle à manger située à l'autre extrémité du living. Kate et Dixie y buvaient des cocktails en compagnie d'un homme d'une quarantaine d'années. Je reconnus Gavin Spencer sans peine car il ressemblait à son père. J'essayai de lui faire la conversation, il ne me répondit que par monosyllabes. La seule phrase complète qu'il consentit à prononcer fut : « On a abattu quelques arbres, aujourd'hui. » Je commençais à comprendre Mat lorsqu'il présentait Billy comme le seul et unique héritier de *Los Dudes*.

— Est-il toujours aussi brillant ? demandai-je à Dixie en aparté.

— Ne te plains pas, ce crétin a fait un effort pour te parler. Il y a des jours où il ne dit rien. Remarque, ça vaut mieux.

— Vous n'avez pas été gâtées, toi et Kate, avec les fils Spencer.

— Des tarés, voilà ce que c'est. Mais il y a la grosse galette à la clef, alors je supporte. T'es pas intéressée par le fric, toi ?

— Pas particulièrement.

— Tu ne dois pas être normale. Moi, pour de l'oseille, je ferais n'importe quoi.

L'arrivée de Mat l'interrompit ; il était suivi de Lizbeth qui tenait fermement Billy, convenablement essoré. Elle avait dû changer de robe car elle avait trempé la sienne en tirant le gamin hors de l'eau. Elle portait maintenant un ensemble orange qui mettait en valeur la minceur de sa silhouette. Sa démarche cambrée lui donnait beaucoup d'élégance, le regard appréciateur que lui jeta Mat ne me surprit pas. Dixie et Kate avaient également fait des efforts dans leur toilette et, une fois de plus, je faisais figure de vilain petit canard, comme disait Mike.

Le repas fut pire que ce que je craignais — maïs grillé et viande rôtie ; hélas ! il était évident que le bœuf était mort au cours d'un rodéo. Pour dessert, Juanita servit des glaces tièdes qui avaient un goût de rat musqué. Quant à la conversation, si j'ose employer ce mot, elle fut sinistre comme je m'y attendais. Gavin se taisait et Dixie buvait, tous deux avec conviction ; Mat, Liz et Kate échangeaient des banalités quand ils n'étaient pas interrompus par Billy qui recommençait pour la quatorzième fois le récit de leur résistance héroïque à l'attentat dont ils avaient été victimes. Je commençais à mieux comprendre Dixie.

Après le café, toute la famille se réunit devant le poste de T.V. du living pour regarder une ineptie, le *Merv Griffin Show*, je crois. J'en profitai pour m'éclipser discrètement et sortir sur le devant de la maison pour prendre l'air. J'y retrouvai Miguel qui fumait un cigarillo, assis sur une auge de pierre, une Winchester posée à côté de lui.

— *Buenas noches, señora,* me dit-il.

— *Muy buenas*, Miguel.

— Vous parlez espagnol ? me demanda-t-il, cette fois en anglais.

— Assez bien, oui. J'ai souvent travaillé en Amérique latine.

— Vous êtes une femme redoutable, à ce qu'il paraît, *señora*.

— Je me défends. Dites-moi, Miguel, depuis combien de temps travaillez-vous au ranch ?

— Il y aura bientôt dix ans.

— Avez-vous connu John, l'autre fils de Mr Spencer ?

— Non, *señora*, j'ai été engagé peu après son départ, je venais d'arriver du Mexique.

— Tant pis. Vous qui vivez ici depuis longtemps déjà, voyez-vous qui peut vouloir tirer sur le gosse ?

— Non, *señora*, c'est une chose très mystérieuse. Mais nous saurons nous défendre ; j'ai un homme près de la piscine, un autre sur la terrasse là-haut et je garde l'entrée principale.

— On ne s'attaquera pas à la maison, Miguel, c'est trop dangereux ; c'est dehors que le petit est exposé, pas ici. Vous pouvez envoyer vos hommes se coucher.

— On va bientôt me remplacer ici, *señora*. Seriez-vous très fâchée si je venais vous rejoindre dans votre chambre ?

La proposition me surprit tellement que je restai muette un instant avant d'éclater de rire.

— Oui, Miguel, je serais très fâchée. Allez donc voir Dixie si vous avez besoin de compagnie.

Il prit un air dégoûté.

— Cette pocharde, c'est du réchauffé, ça.

Je ris encore et le laissai à sa déception. Je rentrai dans l'hacienda et jetai un coup d'œil dans le living. La famille était toujours réunie autour de la télévision. Dixie, un peu en retrait, avait emporté une bouteille de cabernet sauvignon qu'elle finissait lentement, le regard perdu. Je montai dans ma chambre et pris une douche avant de me mettre au lit avec un roman d'Angelica Aimes ; j'avais bien fait d'en emporter une provision, les soirées promettaient d'être longues.

J'étais arrivée au moment le plus palpitant — le héros voulait-il épouser l'héroïne par amour ou seulement par désir ? — quand j'entendis Lizbeth et Billy regagner leurs chambres. Un moment plus tard, on frappa doucement à ma porte. J'espère que ce n'est pas Miguel, pensai-je. Non, c'était Liz, charmante en nuisette blanche et léger déshabillé.

— J'avais peur de vous réveiller, me dit-elle, puis-je entrer une minute ?

— Bien sûr, vous êtes toujours la bienvenue.

— J'ai attendu que Billy s'endorme, je craignais qu'il ne soit un peu énervé, il a quand même eu une dure journée pour un enfant de son âge.

— On dirait que vous l'aimez plus que sa mère.

— Oh ! ce n'est pas pareil, c'est un peu comme

s'il était mon petit frère. Dixie l'aime aussi à sa façon. Voilà, je voulais vous demander... enfin, quand nous sommes seuls, Billy et moi, il ne me ment pas, c'est une sorte de marché entre nous...

Elle s'arrêta, embarrassée.

— Que voulez-vous me demander, Liz ?

— Eh bien, juste avant de s'endormir, Billy a tenu à me dire qu'il n'avait pas glissé dans la piscine, que vous l'y aviez bien jeté depuis la porte du living. Je sais, cela semble impossible, pourtant...

— Pourtant vous voudriez savoir si c'est vrai.

— Oui, que vous l'ayez fait ou non m'est égal, il le méritait bien, mais je veux savoir s'il m'a menti, c'est ça qui compte pour moi.

— Il ne vous a pas menti, Liz.

Un sourire heureux éclaira son visage.

— Ah ! je préfère ça, dit-elle.

Puis, l'air soudainement inquiète, elle ajouta :

— S'il essaie de vous faire d'autres farces, Carol, vous ne serez pas trop méchante avec lui ?

— Ce ne sera pas nécessaire, il va me respecter, maintenant.

Du moins, je l'espérais.

5

Le lendemain matin, je descendis de bonne heure ; personne n'était encore levé, semblait-il. Juanita attendait près de la porte de l'office.

— Suis-je la première ? lui demandai-je.

— *No, señora, el señor Mat y a se ha marchado.*

— Eh bien, il est matinal. Depuis combien d'années travaillez-vous au ranch, Juanita ?

— *Llevo trabajando nueve años, señora.*

— Neuf ans, répétai-je. Donc, vous n'avez pas connu John, vous non plus. Puis-je aller à l'office ?

— *Claro que si, señora, sígame.*

Je la suivis jusqu'à la cuisine où une autre Mexicaine était occupée à faire frire du lard.

— *Dolores, mi hermana,* dit Juanita.

— Bonjour ! Hum !... si vous êtes sœurs, je crains fort que vous n'ayez été engagées en même temps. Depuis combien de temps travaillez-vous ici, Dolores ?

— *Lo mismo que yo, señora,* répondit Juanita. *Dolores no entiende el inglés, lo siento pero...*

— Très bien, très bien, dites-lui de me préparer des œufs au lard et un jus d'orange, je vais m'installer au bord de la piscine.

J'étais déçue. Il devait bien exister quelqu'un dans cette maison qui ait connu John et ne fasse pas partie de la famille ! Il y avait Lizbeth, bien sûr, mais elle appartenait au clan Spencer tout autant que les deux belles-filles. Je ne pouvais quand même pas aller interroger les péons un à un. D'ailleurs, que voulais-je apprendre exactement à propos de John ? Je n'en savais rien ; simplement, l'idée d'un homme qui abandonne sa jeune femme enceinte ne me satisfaisait pas. Je me trompais peut-être complètement, mais j'avais l'impression que les choses avaient dû être différentes. J'étais agacée, seuls les faits comptent à mes yeux, je n'aime pas me fier à des impressions. J'ai eu quelques brillants collègues qui suivaient leurs intuitions, ils sont tous morts aujourd'hui ; il est vrai que leurs missions étaient autrement plus dangereuses que le passe-temps auquel je me livrais à l'heure actuelle.

— Bonjour, avez-vous passé une bonne nuit ?

Je me retournai. Liz, toute fraîche, me souriait dans l'encadrement de la porte du living.

— Oui, merci. J'ai déjà commandé mon petit déjeuner, venez vous asseoir près de moi, nous le prendrons ensemble. J'ai une ou deux petites choses à vous demander.

— Avec plaisir.

— Y a-t-il des employés ou des domestiques qui aient connu John Spencer ?

— Je ne le pense pas, vous savez, le personnel est toujours très fluctuant par ici. Une fois leur petit pécule amassé, les péons repartent au Mexique. Certains entrent illégalement et sont obligés de changer d'emploi souvent pour échapper aux contrôles des services de l'Immigration.

— Je sais, d'autres se fixent néanmoins ici. Miguel, Juanita et sa sœur sont bien là depuis des années.

— C'est vrai, ce sont des exceptions. Si vous désirez en savoir plus sur John, je peux vous en parler, après tout j'avais seize ans à l'époque de son départ.

— Il ne s'agit pas de cela. Supposez que John revienne, aucun des employés du ranch ne pourrait le reconnaître, exact ?

— C'est vrai. Quelle importance ?

— Ils sont armés et prêts à tirer sur n'importe qui.

— Oh ! vous pensez...

Elle s'arrêta, plus surprise qu'inquiète.

— Je ne pense rien, Liz, je cherche. Tenez, puisque nous parlons de John, racontez-moi son départ plus en détail.

Sans doute ne serait-elle pas dupe des détours que j'avais employés pour la questionner sur John Spencer ; ma foi, tant pis.

— Je n'y ai pas vraiment assisté, répondit-elle.

C'est maman qui tenait la maison en ce temps-là et j'allais encore à la *high school*. Un soir, lorsque je suis rentrée, j'ai trouvé Dixie en larmes et Mat qui proférait des malédictions contre son fils. Maman pleurait aussi, elle avait élevé John depuis l'âge de six ans ; elle m'a dit qu'il avait eu une scène terrible avec son père. Il est sorti du bureau de Mat en claquant la porte et en hurlant qu'il en avait assez de cette « putain de baraque », passez-moi l'expression. Dixie a voulu s'interposer, il a également hurlé qu'il en avait assez de sa « putain de femme » et il est parti. C'est tout.

— Il n'a rien emporté ?

— Non, il a simplement pris sa voiture. Peut-être avait-il de l'argent sur lui, je ne sais pas. Maman aurait pu vous donner plus de précisions.

— Habite-t-elle toujours la région ?

— Non, elle est allée s'établir dans l'Est ; son frère était devenu veuf et c'est un grand malade. Je ne la vois plus souvent maintenant.

Liz se tut un instant puis reprit :

— Il faut que vous m'excusiez, Carol, je dois m'occuper de Billy ; il se réveille toujours vers cette heure-ci.

— Bien sûr, dès que j'aurai fini mon petit déjeuner, je vous rejoindrai, histoire de reprendre contact avec le monstre.

— Oh ! s'exclama-t-elle, sincèrement choquée.

En fait, je me souciais fort peu d'assister au réveil du gamin, je voulais surtout pouvoir visiter une à une les pièces de la maison sans attirer l'attention. N'en déplaise au shérif Blatney, je comptais bien examiner toutes les machines à écrire du ranch. J'avais déjà pu éliminer celle que j'avais aperçue dans le bureau de Mat, sous un automatique 32. C'était une Smith-Corona.

Une fois Liz montée au premier, je visitai tranquillement le rez-de-chaussée — pas l'ombre d'une machine en vue.

— Je veux sortir !

C'était bien l'heure du réveil de Billy, ses hurlements étaient là pour le prouver. J'entendais Lizbeth qui essayait de le calmer, en vain. Je montai à mon tour et entrai dans la chambre du gamin ; il cessa de crier et me considéra méchamment.

— On ne peut pas garder cet enfant enfermé toute la journée, Liz, dis-je. Tout à l'heure, il sortira avec moi.

Billy me regarda avec surprise : pouvais-je me transformer en alliée ?

— On ira dans les bois ? me demanda-t-il.

— Pourquoi pas ? Je te laisse déjeuner et faire ta toilette ; je reviens te prendre dans un moment.

— Je m'occupe de lui en attendant, me dit Liz.

Son sourire ravi attestait le soulagement qu'elle devait ressentir à l'idée d'être débarrassée de ce marmot.

La porte de sa chambre était ouverte et j'y jetai un coup d'œil ; Liz avait une petite machine portative posée bien en évidence sur une table, rien à voir avec la grosse Underwood que je recherchais. Je poursuivis mon exploration systématique de toutes les chambres, sauf celle de Dixie qui dormait encore. Il n'y avait rien. Je ne m'avouai pas battue et sortis de l'hacienda pour me rendre chez Kate. Elle accueillit ma visite avec joie, son mari était parti de bonne heure dans les champs avec son père. Elle me fit visiter sa maison avec fierté ; pour une fois qu'elle trouvait quelqu'un disposé à examiner jusqu'au moindre recoin ! Toujours rien.

— Etiez-vous là lorsque John est parti ? lui demandai-je avant de la quitter.

— Oui, à l'époque j'étais déjà mariée depuis sept ans avec Gavin.

— Avez-vous assisté à son départ ?

— Non, je ne l'ai appris que le soir, je crois que j'étais en ville, ce jour-là. Il n'y avait ici que Mat, Dixie et Maybelle McCrea, la mère de Liz.

— Savez-vous ce que John est devenu ?

— Non, je crois que son père a de ses nouvelles, mais nous ne lui en parlons jamais. Il le considère comme mort.

— Je sais, dis-je, un peu dépitée.

Je regagnai l'hacienda. Billy se laissait glisser le long de la rampe, poursuivi par Liz.

— Courage, j'arrive ! criai-je à la jeune fille.

Je grimpai jusqu'à ma chambre et saisis mon sac après m'être assurée que le 38 s'y trouvait bien. Comme je regagnais l'escalier, je vis que la porte de la chambre de Dixie était ouverte. Dixie prenait son petit déjeuner au lit. Je la saluai gaiement et en profitai pour faire le tour de sa chambre ; elle me regarda faire, un peu étonnée. Pas de machine non plus. Blatney aurait bien ri s'il avait pu m'observer. J'enfourchai à mon tour la rampe et me laissai glisser auprès de Liz et de Billy. J'empoignai la main du gamin, qui me regardait d'un air médusé, et je l'entraînai dehors. Miguel nettoyait la Land Rover de son patron.

— Quelqu'un s'en sert ce matin ? demandai-je.

— Non, *señora*.

— Alors, je la prends. Monte, Billy.

— Vous n'emportez pas de carabine, *señora* ? Il vaudrait peut-être mieux que je vous accompagne.

— J'ai ce qu'il me faut.

Je démarrai et demandai à l'enfant :

— Où veux-tu aller ?

— J'ai des amis dans la forêt, si on allait les voir, dis, madame ?

— Tu peux m'appeler Carol. Des amis, quel genre d'amis ?

— Un monsieur et une dame très gentils qui vivent dans les bois.

— Où vivent-ils ? Dans une petite cabane comme les nains de Blanche-Neige ? Ou bien sous terre ?

— Non, dans une vraie maison, avec la T.V. et tout. J'y vais souvent. Liz ne voulait pas que j'y aille aujourd'hui parce qu'elle a peur qu'on me tire dessus. Elle a toujours peur pour moi, Liz, c'est une poule mouillée. Grand-père, il est pas comme ça, il veut que je sois un homme, un vrai.

— Très bien, allons voir tes amis. Tu me guides.

Il me fit prendre la piste du sud qui aboutissait à la forêt. La progression était lente dans ce relief tourmenté. Il nous fallut descendre au fond de deux canyons puis remonter leurs pentes escarpées avant de rencontrer un terrain plus plat et rougeâtre. Je parcourus encore un mile avant d'arriver à l'orée du bois. Billy me fit suivre la lisière de la forêt encore quelques minutes jusqu'à l'entrée d'un sentier.

— On s'arrête ici et on continue à pied, annonça-t-il.

— Tu viens jusque-là seul ?

— Ben oui, quoi. Pour traverser les canyons, il y a des raccourcis. Je mets une heure, pas plus.

Il fila sous la futaie que je considérai avec quelque inquiétude. Un tireur pouvait aisément s'embusquer derrière le tronc d'un de ses arbres. Bah ! pourquoi l'aurait-il fait ? Rien ne permettait de supposer que Billy viendrait ici aujourd'hui.

Tiens, mais voilà une chose à laquelle je n'avais pas pensé. Qui était au courant de la sortie qu'avait effectuée Mat avec le gamin hier ? Pour leur avoir tendu une embuscade, il fallait avoir su à l'avance quelle route ils emprunteraient. C'était un point à creuser.

Billy me précédait sur la piste qui escaladait une colline boisée. Des milliers d'aiguilles de pin crissaient sous mes pieds et rendaient certains passages glissants. Je pressai le pas pour rattraper le gamin.

— Tu viens souvent ?

— Ouais, même à la tombée de la nuit.

— Tout seul ?

— Ben, oui, j'suis pas une poule mouillée.

— Comment reviens-tu de nuit ?

— Je couche là-bas. Le lendemain matin, quelqu'un vient me chercher en voiture.

Voilà qui changeait tout ; si cette maison dans la forêt était accessible en automobile, il devenait de plus en plus probable qu'elle n'était pas habitée par des lutins ! Je le regrettai un peu.

— Dis-moi, Billy, maintenant que nous sommes amis, si tu me racontais ce qui t'est arrivé la nuit où je t'ai rencontré ?

— C'est l'homme au visage blanc qui m'a fait peur. Je l'ai vu surgir devant moi, alors j'ai quitté le sentier et j'ai couru. Quand je me suis arrêté, je ne savais plus où j'étais.

— L'homme te poursuivait ?

— Je ne m'en suis pas rendu compte, j'ai filé sans me retourner.

— Tu ne l'avais jamais vu ?

— Jamais. C'est surtout son visage qui était effrayant, il était complètement blanc et ne bougeait pas.

Un masque, pensai-je.

— Tu t'es donc égaré, et ensuite ?

— Ben, j'ai marché longtemps et puis je suis arrivé à une vieille cabane qui sert aux forestiers. J'y étais déjà allé avec grand-père et je savais qu'elle était trop loin pour rentrer au ranch de nuit. Alors j'ai pris le sentier qui mène à la route et j'ai attendu.

— Et tu n'avais plus peur du tout ?

— Pourquoi j'aurais eu peur ? Je croyais avoir semé le bonhomme et c'est pas la première fois que j'aurais couché à la belle étoile. Grand-père dit qu'il faut que je sois un vrai pionnier.

Il y avait bien une demi-heure que nous marchions quand Billy quitta le sentier. Il escalada une petite crête jusqu'à un bosquet d'eucalyptus qui faisait tache au milieu de la pinède. Je grimpai à sa suite. D'en haut, on apercevait une habitation en contrebas ; un chemin de terre, juste assez large pour laisser passer une voiture, en partait et s'enfonçait à travers bois. Le gosse avait raison, c'était vraiment une maison dans la forêt ! Je me demandai qui se plaisait à vivre dans un tel isolement.

Billy courait, glissait, dérapait, se rattrapait aux troncs des arbres. Je n'essayai pas de le rejoindre et descendis posément à sa suite. Il avait disparu à mon arrivée en bas. Une femme apparut ; elle avait la cinquantaine sèche ; sa mise était beaucoup plus soignée qu'on aurait pu l'attendre d'une personne vivant au fond des bois.

— Je suis Pat Thorne, dit-elle, soyez la bienvenue.

Son sourire était aimable et sa poignée de main franche ; son regard restait soupçonneux. On sentait qu'elle essayait de situer cette étrangère. Billy, qui était sorti de la maison derrière elle, dut le deviner, car il précisa :

— C'est Carol, tante Pat, elle doit me protéger. Ça fait deux fois qu'on me tire dessus.

— Je sais, mon chéri, Mat m'a téléphoné. Entre jouer avec oncle Clay.

Le gamin se précipita à l'intérieur, tout joyeux.

— Vous êtes sa tante ? demandai-je, étonnée.

— Non, c'est un terme d'amitié. Il faut que je vous donne deux mots d'explication avant que vous rencontriez Clay, mon mari. Il y a une quinzaine d'années, nous travaillions tous deux au ranch Spencer. Un jour, à la suite d'une fausse manœuvre de Mat, un accident s'est produit. Clay a été très gravement blessé à la tête. On l'a cru perdu ; bien qu'il ait fini par guérir, il est resté très diminué. Mat aurait pu se contenter de nous verser une indemnité, mais c'est un homme qui sait assumer ses responsabilités. La faute avait été sienne, il lui incombait de la réparer. Il nous a donné cette maison qui lui appartenait — c'était un rendez-vous de chasse — et nous verse une pension.

— Vous ne vous sentez pas trop isolés ?

— Quand vous aurez vu Clay, vous comprendrez pourquoi je préfère vivre à l'écart ; les gens sont cruels avec les infirmes. Mat et Lizbeth viennent nous voir parfois, et puis Billy, bien sûr.

— Il vient souvent ?

— Très souvent, mon mari l'aime beaucoup et ils jouent ensemble. C'est tout ce que Clay peut faire, le pauvre.

— Je comprends, Mrs Thorne. Dites-moi, si je puis me permettre de vous poser une question, avez-vous connu John Spencer ?

Elle parut surprise de ce brusque changement de sujet.

— Oui, bien entendu. Pourquoi ?

— J'aimerais qu'on me parle de lui et je ne puis interroger son père, naturellement.

— Mon Dieu, que puis-je vous en dire ? C'était un très gentil garçon, très droit ; quel dommage qu'il ne se soit pas mieux entendu avec Mat ! J'ai vraiment été triste quand j'ai appris qu'il avait quitté le ranch, ça m'a donné un coup.

— Ainsi donc vous n'étiez déjà plus à *Los Dudes* lorsque cela s'est produit.

— Non, nous étions ici.

— N'avez-vous pas trouvé étrange qu'il soit parti en abandonnant sa jeune femme enceinte ?

— C'est ce qu'il avait de mieux à faire. Quel malheur qu'il ait épousé cette fille ! Une traînée, voilà ce que c'était. Non, la femme qu'il lui aurait fallu, c'était Lizbeth, mais ce n'était pas possible, bien entendu.

— Bien entendu.

— A mon arrivée au ranch, John était tout jeune. Sa mère venait de mourir et j'ai un peu joué à la grande sœur avec lui. C'était un enfant charmant et très doux, pas du tout le genre de Billy.

— De quoi est morte Mrs Spencer ?

— La typhoïde, un puits contaminé.

— Qui a élevé John et son frère ?

— Maybelle McCrea, la mère de Liz. C'est une des raisons pour lesquelles elle s'est retirée après le départ de John. May le considérait comme son enfant et n'a pas voulu rester à *Los Dudes* dès lors qu'il n'y reviendrait plus.

Les choses commençaient à s'éclaircir, j'avais enfin trouvé la personne susceptible de jeter quelque lumière sur le passé. Lizbeth était trop jeune, elle savait certainement tout mais n'aurait pas pensé à m'en parler. Dommage que sa mère n'ait pas encore habité la région.

— Si je ne suis pas indiscrète, Mrs Thorne, comment se fait-il que Mat soit resté veuf toutes ces années ? Il n'est pas homme à ça.

Elle hésita ; elle se demandait visiblement jusqu'à quel point elle devait se confier à moi.

— Ce n'est pas simple curiosité, ajoutai-je, j'essaie de comprendre la famille Spencer.

— Maybelle McCrea avait seize ans le jour de son arrivée à *Los Dudes*, tout comme moi, mais elle a été immédiatement promue intendante. Il faut dire qu'elle était aussi belle que Lizbeth et beaucoup plus sensuelle. Mat en était fou.

— Pourquoi ne l'a-t-il pas épousée ?

— Il a failli. Si elle lui avait donné un garçon, il l'aurait fait, je crois. Mat n'est intéressé que par sa descendance mâle et la naissance de Lizbeth l'a déçu.

— Quoi ? Liz est la fille de Mat ?

— Bien sûr, tout le monde le sait.

Elle paraissait sincèrement étonnée de mon ignorance. Je ne me félicitais pas non plus, je m'étais complètement fourvoyée sur les relations qui unissaient Mat et la jeune fille. Evidemment, elle était née au ranch... Quelle sotte j'avais été ! Le seul fait que la chambre de Liz soit à côté de celle de Billy et non de celle de Mat aurait dû me faire comprendre : c'était l'aile des enfants.

— Je n'étais pas au courant. Eh bien, Mat n'a plus de femme désormais, ajoutai-je, ne sachant trop quoi dire.

— Et la putain, qu'en faites-vous ? Certes, Mat n'est plus un jeune homme, mais il est encore vert. S'il a besoin de quelque chose, il n'a qu'à siffler Dixie, elle est toujours prête à écarter les cuisses.

J'étais abasourdie. Et moi qui me croyais psychologue ! Je n'avais rien compris de ce qui se passait autour de moi. C'était une dure leçon.

— Venez, dit Mrs Thorne qui s'était méprise sur les raisons de mon silence, je vais vous présenter mon mari.

Elle me précéda dans la maison. Billy jouait à une

sorte de ping-pong électronique avec un homme qui se leva à notre entrée. Son crâne rasé contrastait avec sa barbe et sa moustache bien fournies. Une cicatrice en triangle formait une dépression au-dessus de l'oreille gauche. Autrefois, il avait dû être bel homme et paraissait plus jeune que sa femme. Il vint à moi et me tendit la main en souriant. Ses yeux, en revanche, démentaient cette conduite normale ; ils fixaient au loin, bien au delà de moi. Il parlait curieusement, en détachant les syllabes.

— Bon-jour, ma-da-me, Bil-ly est très gen-til.

Il continuait à sourire dans le vague, c'était horrible.

— Va jouer avec Billy, mon chéri, lui dit sa femme, il t'attend.

J'ai déjà vu ce genre de blessés au Viêt-nam, il n'y a rien à faire. Lui ne souffrait plus, mais je plaignais sa femme. Comment pouvait-elle vivre dans cet isolement en compagnie de cette caricature d'homme ?

— Il s'entend bien avec le petit ? demandai-je pour dissiper la gêne qui s'était établie.

— Très bien, c'est sa seule joie. Et Billy, qui est si dur avec tout le monde, sait être patient avec Clay ; il comprend qu'il n'est pas comme les autres.

— Le gosse m'a dit qu'il couchait ici, parfois.

— C'est vrai. Son grand-père a toute confiance en moi, il sait que je prendrai soin de lui. Autrefois, au ranch, c'est moi qui m'occupais de John quand Maybelle était indisponible. J'ai l'habitude des enfants.

— L'autre soir, quand j'ai trouvé Billy sur la route, personne n'avait l'air inquiet à *Los Dudes*. Mat et Liz devaient le croire ici, n'est-ce pas ?

— Exactement, Mat me l'a dit ensuite.

Je commençais à comprendre que je n'avais rien compris...

6

Billy avait au moins une qualité : il ne parlait pas à tort et à travers comme beaucoup d'enfants de son âge.

Nous avions marché jusqu'à la voiture sans échanger une parole. Instinctivement, j'avais scruté chaque tronc d'arbre comme je l'avais fait si souvent lors de progressions dans la forêt vietnamienne. Cette seule évocation avait failli raviver les fantasmes du passé et j'avais dû lutter pour les chasser de mon esprit.

Mieux valait penser à l'affaire en cours. Ainsi donc Lizbeth était la tante de Billy, voilà qui expliquait mieux son comportement à son égard. Quant à l'indifférence de Dixie envers son fils, fallait-il l'imputer à la boisson ou à l'absence d'amour maternel ?

Si j'en juge d'après ma propre mère, il est évident que l'amour maternel cesse à la naissance du premier enfant. Cela dit, il n'en va sans doute pas de même pour toutes les femmes ; peut-être Dixie aimait-elle son fils, après tout, son attitude dans la Land Rover devant l'enfant blessé le laissait supposer. Dixie était paresseuse et dès lors que Liz assumait toutes les charges maternelles à sa place, pourquoi s'en serait-elle souciée ?

— Où's qu'on va, maintenant ? me demanda Billy, une fois à la voiture.

— Peux-tu me conduire à l'endroit où l'on vous a tiré dessus ?

— Facile, on y est presque. Tu vois le bouquet d'arbres, là-bas ? Cable Canyon est juste derrière.

Tout en parlant, il me désignait du doigt un point

situé à quelque trois cents mètres à peine de l'endroit où je m'étais garée. J'étais surprise ; je ne sais pourquoi, je m'étais imaginé que l'attentat avait eu lieu plus loin du ranch. Je fis signe à Billy de grimper dans la voiture et je démarrai dans la direction indiquée.

— C'était là, me dit-il bientôt.

Les traces de roues de la Land Rover étaient nettement visibles dans le sol sablonneux. J'aperçus quelques douilles éjectées par la carabine de Mat.

— D'où venaient les coups de feu ?

— J'sais pas au juste, de par là.

Il montrait la bordure de la forêt de l'autre côté du canyon qui n'était pas large à cet endroit. Au risque de me rompre le cou, je gagnai l'autre berge, suivie par Billy pour qui l'escalade était un plaisir. Les fourrés étaient impénétrables, le tireur avait dû grimper dans un arbre ; de toute façon, on ne pouvait rien voir à travers cette barrière végétale. Je comprenais le shérif qui n'avait pas jugé bon de venir se rendre compte sur place. Il ne nous restait plus qu'à retraverser le canyon.

— On ne peut rien voir, dis-je à l'enfant, rentrons.

— Il nous a tirés comme des lapins, m'expliqua Billy qui revivait la scène. Quand grand-père a riposté, il est parti sans demander son reste.

— Avez-vous vu ou entendu quelque chose ?

— Non, rien du tout, et puis je me suis mis à saigner, alors...

— Tu as été très courageux, Billy. J'espère que nous allons devenir vraiment amis.

Il considéra cette proposition en fronçant les sourcils.

— Dis, madame, tu m'aideras à faire une farce à Kate ?

— A Kate, pourquoi, grands dieux ?

— Parce que c'est un gros boudin.

Je ne pus me retenir de rire.

— Il ne faut pas parler ainsi de ta tante, voyons.

— Bof ! c'est peut-être ma tante, mais c'est un gros boudin quand même. Liz le pense aussi, je le sais. Bien sûr, elle ne le dit pas ; elle est bien élevée, elle.

— Tu aimes beaucoup Liz, n'est-ce pas ?

— Sûr, elle est gentille. L'ennui, c'est qu'elle est un peu collante parce qu'elle a toujours peur pour moi. Elle avait déjà peur avant qu'on nous tire dessus ; alors, tu parles, maintenant, dès que je serai plus en vue, elle aura les tripes en tire-bouchon.

— C'est toujours elle qui s'est occupée de toi ?

— Non, je me souviens pas bien ; au début, je crois que c'était ma mère. Liz, c'est depuis trois ou quatre ans seulement.

— Pourquoi ?

— Parce que ma mère était toujours ronde. Alors, elle est partie en clinique et Liz a commencé à la remplacer. Puis elle a continué.

— Tu aimes ta mère ?

— Oui, enfin, j'sais pas. Des fois, elle est gentille mais quand elle a bu... Grand-père dit qu'une femme qui boit, c'est dégoûtant.

— Pas plus qu'un homme qui boit et c'est moins dangereux parce que les ivrognes battent souvent leur femme et leurs enfants.

— Ah ! j'avais pas pensé à ça, madame.

— Tu peux m'appeler Carol, tu sais.

— D'ac, Carol.

Cette conversation nous avait ramenés à la voiture. Au fond du canyon, la chaleur était aussi torride qu'en été et j'avais attrapé une bonne suée à escalader par deux fois ses parois. M'asseoir dans la

Land Rover me fit du bien. Je repris le chemin de *Los Dudes*, attentive à toutes les traîtrises de la piste. Billy resta silencieux jusqu'à ce que nous soyons en vue du ranch. Il reprit alors :

— Tu m'aideras à faire la farce à Kate ?

— Pourquoi pas ? Que comptes-tu faire ?

— La vieille s'endort toujours sur une chaise longue près de la piscine. Alors, un : je répands du savon liquide devant elle ; deux : j'allume un pétard sous sa chaise. Ça rate pas, plouf, elle y va tout droit.

A cette idée, l'enfant se mit à battre des mains. J'avais sursauté en l'entendant appeler sa tante « la vieille », elle ne devait avoir que quatre ou cinq ans de plus que moi !

— Tu fais souvent ce genre de farces ?

— Ouais, les pétards, c'est ce que je préfère.

On n'aurait jamais dû le nommer Billy mais bien Hans ou Fritz ; c'était le genre de farces que pratiquaient hebdomadairement les *Katzenjammer Kids* (1). Enfant, je lisais leurs aventures dans la page des *comics* du journal du dimanche de mon père. Les Katzies ne m'intéressaient pas beaucoup, je préférais de loin Dixie Dugan, je la trouvais très belle.

A notre descente de voiture, Lizbeth parut aussitôt soulagée de nous voir revenus sains et saufs. Elle fit rentrer Billy et je les suivis dans le living. Dixie lisait un magazine, à demi allongée sur le sofa, elle ne semblait pas être ivre. Je m'accroupis sur les talons pour placer mon visage à la hauteur de celui de l'enfant.

— C'est d'accord, je t'aiderai. Pour l'instant, j'ai besoin de parler à Liz. Tu vas rester ici bien gentiment avec ta mère et je reviens te prendre dans un petit moment. Ça va ?

(1) *Pim, Pam, Poum*, dans la version française.

— Ça va, répondit le gamin.

— Qu'est-ce que vous complotez, tous les deux ? demanda Lizbeth, intriguée.

— Ne vous inquiétez pas et venez avec moi, lui dis-je. Dixie, on te laisse Billy un petit moment, qu'il ne sorte pas seul.

— Je suis capable de m'occuper de mon fils, répondit-elle avec un manque de conviction évident.

Je réprimai un sourire et pris Liz par la main ; j'empruntai l'escalier intérieur et la conduisis à ma chambre.

— Asseyez-vous, lui dis-je, j'ai à vous parler. Pourquoi ne m'avez-vous pas dit que vous étiez la fille de Mat ?

— Pourquoi ? répéta-t-elle, étonnée de la question. Je ne sais pas, il me semblait que c'était évident ; tout le monde le sait ici. Je n'y ai pas pensé, c'est tout.

— Avez-vous souffert de ne pas porter son nom ?

— Moi, pas du tout. Ma mère peut-être.

— C'est pour cela qu'elle est partie ?

— Seize ans après ma naissance ? Vous voulez rire ! Non, c'est à cause de John.

— Ce n'était pourtant pas son fils.

— C'est vrai, et cependant je crois qu'elle l'aimait plus que moi. Elle s'y est attachée du jour où elle est entrée à *Los Dudes*, m'a-t-elle dit. Et puis...

— Et puis ?

— Eh bien, elle avait régné en maîtresse ici jusqu'à l'arrivée de Dixie ; elle était la seule femme de l'hacienda. Kate a toujours vécu à côté et n'a jamais cherché à s'imposer. Vous savez comment est Dixie, elle n'est pas méchante mais elle n'est pas très intelligente. Par son mariage, elle était devenue une vraie Spencer et elle a fait sentir à ma mère qu'elle n'était qu'une employée. En même temps, cela n'allait plus très bien entre Mat et maman, il a refusé de se mêler de ses problèmes avec Dixie. Alors, Maybelle a tout supporté tant que John a été là, le jour où il est parti, elle a décidé que sa place n'était plus ici.

— Et vous êtes restée.

— Oui, je suis restée, me répondit-elle d'un ton plus agressif. C'est chez moi, ici, j'y suis née, je ne veux pas vivre ailleurs ; ma mère aura plus de chances de refaire sa vie sans moi et puis je crois que je suis comme beaucoup de filles, je préfère mon père.

Elle marqua un temps d'arrêt puis reprit, toujours agressivement :

— Maintenant, si vous préférez croire que c'est pour ne pas risquer d'être déshéritée...

— Ah bon ! il ne vous a pas reconnue mais vous héritez quand même.

— Oui, c'est Billy qui hérite du ranch, mais Gavin et moi jouissons d'un usufruit et d'une pension jusqu'à notre mort. Mat m'aurait laissé la pension si j'étais partie, il me l'a dit.

— Et quand vous vous marierez ?

— Il faudra que mon mari vienne vivre au ranch, sinon je ne l'épouserai pas, ma vie est ici.

Elle me regardait fixement de ses yeux bleu clair, se demandant si j'étais capable de la comprendre et de la croire. J'ai toujours été persuadée que les jolies blondes au regard candide ne peuvent mentir ; Amanda Greenwood m'avait pourtant démontré le contraire. Néanmoins je croyais Liz, elle n'était pas de la même race.

— Pardonne-moi, petite Liz, je ne voulais pas te faire de la peine. Il est difficile pour un étranger de comprendre les liens qui unissent réellement les membres d'une même famille. Maintenant, j'ai à te parler d'autre chose de bien plus important. Pour avoir tendu une embuscade à Mat et à Billy, il fallait savoir à l'avance qu'ils allaient passer par la piste de Cable Canyon. Le ranch est trop vaste pour qu'un hasard soit possible ; le tueur était prévenu. Qui était au courant ?

— Comment, au courant ?

— Je veux dire, qui savait que Mat et Billy passeraient ce matin-là à cet endroit ?

— Personne. Cela s'est décidé sur-le-champ. Mat a dit qu'il lui fallait se rendre à l'orangeraie située au-delà de Cable Canyon et il a proposé à Billy de l'accompagner puisqu'il n'avait pas classe. C'est tout.

— Qui assistait à la scène ?

— Seulement moi, mais n'importe qui a pu les voir partir.

— C'est juste. Quelqu'un a dû assister à leur départ et prévenir le tueur ; sans cela, l'embuscade était impossible. Le criminel a forcément un complice ici.

Lizbeth parut terrifiée.

— C'est horrible ! Penser qu'il y a un traître parmi nous... Il faut avertir Mat.

— Non, j'aime autant pas, il réagirait trop violemment et mettrait notre inconnu sur ses gardes.

— Vous avez peut-être raison et puis il faut penser au cœur de Mat qui n'est plus très solide. Cependant, il y a une chose que je ne m'explique pas : ce matin, vous êtes bien sortie avec Billy et il ne vous est rien arrivé. S'il y a un traître au ranch, il a également dû vous voir partir.

— Peut-être pas, cela s'est fait très vite. Et puis, il n'a pas forcément pu joindre son complice, ils ne s'attendaient sûrement pas à ce que Billy sorte déjà.

— C'est vrai ; il ne faut pas le laisser seul un

instant. Je ne me sens pas tranquille de le savoir avec Dixie, elle est si nonchalante.

— Il m'attendra, ne t'inquiète pas. A ce qu'il m'a dit, tu as commencé à t'en occuper pendant la cure de désintoxication de sa mère ?

— Il vous a dit ça ? s'exclama-t-elle, horrifiée.

— Pas en ces termes.

— Vous me rassurez, nous lui avions seulement dit que Dixie était malade et devait se reposer en clinique. Oui, c'est à ce moment-là que Mat m'a demandé de prendre soin de Billy ; cela fait près de quatre ans maintenant. Dixie a suivi une autre cure depuis, sans grand succès. Oh ! ce n'est pas de sa faute, la pauvre, après tout ce qu'elle a subi lors du départ de John.

— Je croyais que tu ne l'aimais pas.

— Disons que je la plains, c'est une victime, elle aussi.

— Je vois. Bon, il faut que je retourne auprès de Billy. Tu ne m'en veux pas ?

— Je ne t'en veux pas, Carol.

Au tutoiement, je compris qu'elle n'était plus fâchée. Avant de la quitter, je lui dis encore :

— Je préfère ne pas te voir au bord de la piscine dans le quart d'heure qui suit.

Elle me regarda, étonnée, et voulut me poser une question, mais je m'étais déjà éclipsée. Je me laissai glisser le long de la rampe et atterris près du gamin qui lisait une aventure du *Submariner*. Dixie releva les yeux de son magazine.

— Au moins tu t'amuses, toi, soupira-t-elle. Moi, je m'emmerde. Tu m'accompagnes sur la terrasse ?

— Je te tiendrai compagnie après le lunch, lui dis-je.

Puis j'ajoutai à l'adresse de l'enfant :

— Tu viens, Billy ?

Il ne se le fit pas répéter deux fois et fila en direction de la piscine pour vérifier que son objectif s'y trouvait bien. Kate sommeillait, un livre ouvert posé sur le visage pour se protéger du soleil.

— Tu vas voir, me dit Billy, ça va péter ! Suis-moi.

Il se dirigea vers la cuisine qu'il traversa sous l'œil indifférent de Dolores. Il pénétra dans une réserve dont un congélateur de taille respectable occupait une bonne partie, et il récupéra une bouteille de savon liquide. Puis il ouvrit une petite porte qui donnait sur l'arrière de l'hacienda. Dans une cabane à outils proche, il sortit quelques pétards et des allumettes d'une cachette.

— Je répands le savon et je place le pétard, me dit-il. C'est toi qui l'allumeras pendant que j'appellerai Kate ; comme ça, elle n'y comprendra vraiment plus rien. Après, faudra se tirer en vitesse ; tu me suis, je connais un endroit super pour se cacher.

J'approuvai gravement.

Aussi silencieux qu'un Sioux, Billy mit son plan à exécution. Je me glissai derrière la chaise longue de Kate et attendis son signal. Il se plaça à l'autre extrémité de la piscine et cria :

— Eh, tante Kate, je parie que tu piques un plongeon.

Elle remua un peu, à demi éveillée.

— Eh ! Kate, tu piques un plongeon ! brailla le gamin.

J'aperçus Lizbeth qui, attirée par les cris, nous observait depuis la fenêtre de sa chambre. Elle comprit tout de suite la situation et voulut me faire un signe de dénégation ; je détournai les yeux. D'ailleurs, Kate venait de se réveiller.

— Fiche-moi la paix, Billy, laisse-moi dormir.

De la main, le gosse me fit le signal convenu ; j'allumai le pétard et me retirai discrètement. L'engin était de bonne qualité car il fit un bruit terrible. Kate bondit sur ses pieds, dérapa sur le sol glissant, partit en valseuse et passa par-dessus le bord de la piscine sans avoir eu la moindre chance de se rattraper. Là-haut, Lizbeth porta instinctivement les mains à son visage comme si elle ne voulait pas voir le spectacle.

— Par ici ! me cria Billy tout en filant le long du bord opposé du bassin.

Je dus sprinter pour le rattraper au moment où il tournait le coin de la maison.

— On l'a bien eue, hein, la grosse ! me dit-il en courant.

Il se dirigeait vers un hangar à machines agricoles. Au-dessus se trouvait un grenier à foin auquel on ne pouvait accéder autrement que par une échelle. J'y grimpai à la suite du gosse. Il traversa le grenier et arriva devant la porte d'un réduit.

— C'est un débarras qui ne sert plus, m'expliqua-t-il.

Il referma soigneusement la porte derrière nous et alla se poster derrière une lucarne percée directement à travers la paroi de bois. De là, on apercevait la piscine et l'arrière de l'hacienda ; je vis Kate s'essuyer tout en parlant à Liz et à Miguel. Sans doute leur racontait-elle le mauvais tour dont elle venait d'être victime ; j'espérais que Lizbeth ne révélerait pas la part que j'y avais prise.

Tandis que Billy continuait de monter la garde, je jetai un coup d'œil sur le capharnaüm qui m'entourait. Rien que des vieilleries comme on en rencontre chez les chiffonniers. Brusquement, la grosse masse noire d'une machine Underwood attira mon attention ; c'était bien le modèle d'après-guerre, mes parents avaient eu la même. Un instant, je crus avoir découvert l'objet de mes recherches, puis je m'aperçus que la machine était recouverte d'une épaisse couche de crasse et de poussière. Il y avait des mois, peut-être des années qu'elle n'avait pas servi. Dommage !

— Billy, il y a longtemps que cette machine à écrire est là ?

Il se retourna et jeta un coup d'œil. Il haussa les épaules et reprit sa faction.

— J'sais pas, dit-il, je l'ai toujours vue là.

La présence de cet objet qui correspondait si bien à mon attente m'irritait. C'était comme si la machine avait voulu se moquer de moi bien à l'abri derrière son masque de poussière. Tout en ayant conscience de ce que mon acte avait d'irrationnel, j'arrachai une feuille à mon calepin et l'introduisis dans l'Underwood. Je plaçai à côté la photocopie de la lettre de menaces et la recopiai ; quand j'eus fini, j'avais l'extrémité des doigts noire. Je les essuyai à mon mouchoir et rangeai les deux papiers dans mon sac ; il me faudrait les comparer à la loupe.

— Ils me cherchent, annonça le gamin. Miguel a un martinet en main, heureusement qu'il n'est pas assez malin pour me retrouver.

— Qui t'a indiqué cette cachette ?

— C'est Liz, elle m'a dit qu'elle allait y jouer en secret quand elle était petite.

— Les autres doivent la connaître aussi.

— C'est sûr, surtout grand-père, il connaît tout, ici. Mais personne n'y vient, ça ne les intéresse pas, c'est juste des vieilleries. Attention, les voilà qui approchent !

Des cris très étouffés : « Billy ! Billy ! » nous parvinrent d'en dessous, puis ce fut à nouveau le silence.

— Il faut rentrer dans la maison sans qu'ils nous voient, dis-je.

— On peut pas, il y a plusieurs entrées mais elles

aboutissent toutes au living, et là, on se fait choper. Miguel va m'y attendre.

— As-tu le vertige ?

— Moi ? Jamais, répondit fièrement le gosse.

— Alors nous allons escalader le mur de la terrasse et passer par la fenêtre de ma chambre.

Il resta un instant bouche bée, puis s'écria :

— Ça, c'est super, alors !

Je descendis la première du grenier à foin pour m'assurer que la voie était libre. Je fis signe à Billy de me suivre et je courus jusqu'à la façade arrière de l'hacienda. Les décorations, balcons et encorbellements rendaient l'escalade facile d'autant qu'on pouvait s'accrocher au lierre qui recouvrait une partie du mur. Je fis passer l'enfant devant moi par mesure de prudence, après tout j'étais payée pour le protéger, pas pour lui faire courir des dangers supplémentaires ! J'aurais eu tort de m'inquiéter, il grimpait comme un singe et atteignit la terrasse en un rien de temps. Dixie, qui y était montée après notre départ, assista à notre arrivée avec stupeur.

— Mon Dieu, d'où sortez-vous ? s'écria-t-elle.

— Pourquoi t'es à poil, maman ? lui demanda Billy.

— Nous ne faisons que passer, ajoutai-je en enjambant le rebord de ma fenêtre.

J'aidai le gamin à en faire autant et refermai, laissant Dixie à sa surprise et à son soleil.

— Glisse-toi dans ta chambre, dis-je à Billy, c'est le dernier endroit où Miguel ira te chercher.

Dès qu'il fut parti, je pris une loupe et étalai les deux feuilles de papier devant moi. Il n'y avait aucun doute, les deux textes avaient été tapés avec la même machine ; même si l'encre était devenue très pâle, le ruban ayant séché, les *t* un peu faussés permettaient une identification formelle.

Ainsi donc la lettre de menaces expédiée il y avait quelques jours à Mat Spencer — le cachet de la poste le prouvait — avait été écrite voilà plusieurs mois, voire plusieurs années de cela.

C'était une histoire de fous !

7

J'eus à peine le temps de terminer mon examen que Dixie frappait à ma porte. Elle voulait connaître la raison de notre brusque apparition par-dessus la terrasse. Elle fut bientôt suivie de Liz qui venait d'avoir la surprise de découvrir Billy dans sa chambre alors qu'elle le croyait toujours dehors.

— Comment êtes-vous rentrés ? me demanda-t-elle. Billy refuse de me répondre.

— Ils ont fait le mur, lui dit Dixie.

— Quoi ?

— N'allez pas faire une histoire de rien, leur dis-je. Nous voici, c'est l'essentiel. Auparavant, Billy m'avait fait découvrir une de ses cachettes.

— Laquelle ? demanda Liz.

— Une sorte de débarras situé derrière le grenier à foin.

— Ça ne m'étonne pas, dit Liz sans le moindre embarras, je m'y cachais moi-même quand j'étais enfant.

Quant à Dixie, elle ne parut attacher aucune signification spéciale à ma remarque.

Lizbeth nous laissa bientôt, elle devait superviser la préparation du lunch familial. Elle nous proposa d'emmener Billy à la cuisine, ce que j'acceptai volontiers. Je me laissai tomber sur le lit, un peu fatiguée par tous les exercices physiques de la matinée. Dixie s'installa confortablement dans un fauteuil, les jambes allongées sur une table basse.

— Elle te plaît ? me demanda-t-elle.

— Liz ? Pas vraiment, non. Elle est très jolie, c'est vrai, pourtant elle fait trop jeune fille sage pour mon goût. Je ne sais pas si tu vois ce que je veux dire.

— Oui, elle n'a aucun côté pervers, elle est normale, quoi. Dommage qu'elle me déteste.

— En es-tu sûre ? Je n'ai pas eu cette impression.

— Oh ! que si. Un soir que j'avais trop bu, je l'ai traitée de sale bâtarde. C'est une expression que j'emploie comme ça, je n'avais pas voulu y mettre une intention particulière. Evidemment, elle a cru que je parlais de son cas personnel et ça l'a mise en rage. Qu'est-ce qu'elle m'a passé ! La différence, c'est que tout ce qu'elle disait sur moi était justifié... Une fois dégrisée, je lui ai demandé pardon, mais elle m'en veut toujours, elle est un peu rancunière.

— Tu vois qu'elle n'a pas que des qualités.

— Presque, malheureusement. Il vaut mieux, d'ailleurs, parce que si la gamine ne filait pas droit, Mat la battrait comme plâtre. Il a la main lourde.

— Il te bat ?

— Non, pas vraiment. Enfin, il lui est arrivé de me gifler quand j'étais ivre et que je me donnais en spectacle... Je ne peux pas le lui reprocher. Sinon, il me fiche la paix, il me considère comme un cas perdu.

— Pourtant on m'a dit qu'il ne dédaignait pas de te rendre visite la nuit.

— Qui t'a dit ça ? Liz ? Ça m'étonnerait d'elle.

— Non, Mrs Thorne.

— Ah ! cette vieille garce ! (Elle éclata de rire.) Elle a bien besoin de parler. Comment la connais-tu ?

— Billy m'y a emmenée.

— Oui, il y est tout le temps fourré. Ça ne me plaît pas tellement, on a beau me dire que l'Idiot est inoffensif... Ah ! j'entends la cloche, le lunch est servi.

— Comment, vous faites aussi un vrai repas à midi ?

— Non, Juanita sert une salade et des sandwiches près de la piscine et Liz prépare un steak pour Billy. Nous ne sommes pas tenus d'y assister, y va qui veut. Une chose est sûre, aujourd'hui nous n'y verrons pas Kate, elle est trop en colère !

Dixie avait raison, seuls Billy et Liz étaient attablés sous un parasol. Le gamin dévorait à belles dents, mis en appétit par nos exercices de la matinée. J'aurais bien mangé un steak, moi aussi, mais les adultes ne semblaient pas y avoir droit. Mat nous rejoignit bientôt, il était particulièrement de bonne humeur ; il avait réussi à récupérer une génisse et son veau égarés dans Meyers Canyon, nous expliqua-t-il. A mon tour, je dus faire le récit de notre matinée, à part les événements relatifs à Kate. Si Mat en était informé, il n'en laissa rien paraître. Dès la fin du lunch, Dixie nous quitta pour reprendre son bain de soleil.

— Savez-vous comment j'ai fait fortune, Carol ? me demanda Mat peu après son départ.

— Vous vendiez des engins agricoles, je crois.

— C'est cela, j'ai débuté dans l'occasion et terminé avec des machines portant le nom de ma firme. Je n'ai rien à faire de particulier cet après-midi, voulez-vous que je vous mène visiter mon musée ?

— Votre musée ?

— Ce nom pompeux désigne un hangar où sont entreposées les machines que j'ai créées et quelques pièces anciennes. Des charrues et des brabants datant de la conquête de l'Ouest, par exemple. C'est très intéressant, n'est-ce pas, Liz ?

— Pour qui se passionne pour l'agriculture, répondit-elle d'un ton peu convaincu.

— Ce n'est pas tellement mon cas, dis-je, mais je suis curieuse de nature. Je visiterai votre musée avec plaisir.

— Vous verrez, certains engins sont assez impressionnants. Le hangar est à une petite heure d'ici en voiture, cela vous fera visiter une autre partie du ranch. Tu viens, Billy ?

— Ouais, j'veux. Je conduirai un vieux tracteur.

— C'est imprudent ! s'écria Liz. Mieux vaudrait qu'il reste avec moi.

— Qu'en pensez-vous, Carol ?

— Il ne devrait y avoir aucun risque. Personne n'est informé de cette sortie, ce matin nous n'avons pas eu le moindre ennui.

— Eh bien, c'est d'accord, Billy, nous t'emmenons. Et toi, Lizzy, viens-tu aussi ?

— Non, Mat, j'ai trop à faire ici.

— Cette fille indigne n'aime pas tellement mes machines, m'expliqua-t-il.

Il passa sa main dans les cheveux de la jeune fille avec une douceur dont je ne l'aurais pas cru capable, puis il avala d'un trait sa tasse de café, se leva et nous fit signe de le suivre. Miguel attendait son patron auprès d'une grosse Toyota tout terrain ; il l'interrogea du regard.

— Va chercher une Winchester, nous allons faire un tour, lui ordonna Mat.

Je restai près de la porte afin de pouvoir observer les gestes du Mexicain. Il alla droit au râtelier d'armes et ne jeta pas un coup d'œil au téléphone. En levant les yeux, je vis que Lizbeth l'observait également du haut des marches. Allons, s'il y avait un traître parmi nous, ce n'était pas Miguel.

Mat s'installa au volant et je me glissai à côté de lui. Il prit la direction opposée à celle de ce matin. Ce fut très vite le désert, seuls quelques épineux et des cactus cierges poussaient entre les blocs de pierre rouge. Il s'écoula un long moment avant que des cultures apparaissent, des champs de maïs grillés par le soleil.

— Il y a des sources par ici, m'expliqua Mat, et nous pouvons irriguer, sinon tout serait brûlé. Plus bas, le long de Lytle Creek Ridge, nous avons des orangeraies.

Peu après, il me désigna au loin une immense bâtisse. Je crois bien que je n'avais jamais vu un hangar aussi grand en dehors de ceux utilisés par l'armée pour remiser les bombardiers B 52. Mat se gara devant et sauta hors de la voiture. Je le suivis ; le musée ne comportait pas de façade et les disques acérés d'une herse géante se dressèrent devant moi : on aurait dit quelque arme futuriste prête à sectionner les minuscules humains qui avaient eu l'imprudence de s'en approcher.

— C'est moi qui l'ai conçue, me dit Mat.

Tout se passa alors très vite. Nous avions fait quelques pas en direction du hangar, et Billy escaladait déjà je ne sais quoi, quand un homme apparut. Il paraissait effrayé et il plongea la main sous sa veste ; j'avais déjà sorti mon arme avant qu'il ait eu le temps de tirer complètement la sienne. Affolé, il bondit vers la machine sur laquelle était juché Billy et attrapa le gamin par la jambe. Je ne sais s'il voulait lui faire du mal ou simplement le prendre en otage, toujours est-il que je ne pris pas de risque ; ma balle l'atteignit à la tête et il tomba en arrière comme un pantin dont on aurait brisé le ressort.

— Joli coup, approuva Miguel.

Mat s'était déjà élancé vers Billy et le serrait sur son cœur. Le gosse semblait plus stupéfait qu'effrayé.

— Ben, mince alors, dit-il, c'est comme à la T.V., elle l'a tué !

Je m'approchai de l'homme. Il devait approcher la quarantaine et était pauvrement vêtu ; pas un vagabond, non, mais quelqu'un dans la gêne. Son arme, un automatique 9 mm, était tombée à côté de lui ; elle était chargée mais le cran d'arrêt n'était pas ôté. Je le fouillai rapidement, il n'avait rien d'autre qu'un portefeuille usagé et des clefs de voiture. Dans le portefeuille, je trouvai vingt dollars et un permis de conduire au nom de Davis Hunt, trente-six ans, né à Pomona, résidant à Pasadena.

— Il faut prévenir le shérif, dis-je à Miguel.

— J'y vais, *señora*, il y a le téléphone à l'intérieur du musée.

Je le laissai s'en occuper et revins vers Mat qui avait ramené Billy dans la Toyota. Le vieil homme me tendit la main.

— Je vous remercie, Carol, Billy est maintenant à l'abri de tout danger. Je savais que je pouvais compter sur vous.

Ses remerciements me causèrent une certaine gêne. Je n'avais pas abattu l'homme parce qu'il m'avait demandé de le faire, mais tout simplement parce que je suis entraînée à tirer pour tuer. Mon geste avait été purement instinctif, je n'avais pas envisagé un instant de viser les jambes ou une autre partie du corps ; je tire toujours à la tête ou au cœur. Il m'était parfaitement indifférent d'avoir tué cet homme, pourtant la réaction de Mat me déplaisait maintenant. Il devait me prendre pour une tueuse à gages et le shérif Blatney penserait de même...

Après tout, ce qu'on pouvait penser de moi ne

m'importait guère, je n'avais de comptes à rendre à personne.

— Peut-être vaudrait-il mieux que je ramène le petit, continua-t-il, ce n'est pas un spectacle pour lui.

— Allez-y, Mat. J'attendrai le shérif ici avec Miguel et je lui dirai de passer prendre votre déposition à *Los Dudes*.

Après son départ, je demandai au Mexicain de rester auprès du corps et je fis le tour des bâtiments à la recherche du véhicule de Davis Hunt. Je le trouvai garé en face de l'entrée opposée ; c'était un coupé Ford vert bouteille qui devait bien avoir six ou sept ans. Je le fouillai soigneusement sans rien y trouver d'intéressant : des cartes routières, une cartouche de cigarettes entamée et une flasque de whisky vide. Je revins lentement vers Miguel qui fumait tranquillement, assis près du corps.

— Vous avez trouvé ce que vous cherchiez, *señora* ?

— Sa voiture. Il n'y avait rien dedans.

— Vous êtes championne au tir, *señora*, ce pauvre type ne s'attendait pas à être tué par une femme.

— Que voulez-vous dire, Miguel ?

— Rien, *señora*. Mieux vaut être de vos amis, n'est-ce pas ? Et maintenant, allez-vous repartir ?

— Pas encore, Miguel, mon travail n'est pas fini. Vous aimeriez me voir repartir ?

— Au contraire, *señora*, j'aimerais que nous devenions amis, très amis même. J'aime les femmes comme vous, indépendantes, capables de se défendre seules ; et puis vous êtes belle, vous avez de beaux seins...

J'interrompis sa déclaration en éclatant de rire. Le bruit de la sirène de police me dispensa de répondre. Le shérif Blatney arrivait, suivi de la voiture des hommes de l'identité judiciaire. Je lui fis le récit des événements qu'il écouta, l'air renfrogné.

— Avez-vous quelque chose à ajouter ? demanda-t-il à Miguel.

— Non, *señor* shérif, tout s'est exactement passé comme a dit la dame. Le *señor* Spencer n'était pas armé et j'avais laissé ma carabine dans la voiture, nous ne pouvions rien faire. L'homme avait attrapé le petit, il fallait tirer.

— Bon, fit Blatney, passez demain au bureau pour signer votre déclaration.

Il se retourna vers ses hommes et les regarda travailler un instant.

— Donnez-moi ce qu'il avait dans les poches, leur ordonna-t-il, et gardez le client. Je vais à *Los Dudes* avec Miss Evans.

— Dites à vos hommes de ramener Miguel, j'ai à vous parler, lui dis-je en aparté.

Il fit un signe d'assentiment et donna des ordres en conséquence. Je montai dans la voiture de police et il prit la direction de l'hacienda.

— J'ai deux ou trois choses à vous dire, shérif. D'abord, je suis désolée de l'avoir tué ; je ne l'ai pas fait exprès, nous ne tirons jamais pour blesser, au service. Les vieux réflexes ont été plus forts que moi.

— Vous êtes assermentée et des témoins confirment votre version des faits. Il n'y a pas de problème.

— Je sais. C'était juste pour votre information.

— Eh bien, je suis informé.

— Vous ne me croyez pas ?

— Combien Mat vous avait-il promis pour le tuer ?

— Dix mille dollars. Il se trouve cependant que je ne l'ai pas fait volontairement ; pensez ce que vous voulez, après tout je m'en moque. Maintenant, arrêtez votre guimbarde, j'ai quelque chose à vous montrer.

Il obéit sans mot dire et se gara sur le côté de la piste. Le soleil tapait fort sur la carrosserie et son visage ruisselait de sueur. Je lui tendis la photocopie de la lettre de menaces et le texte que j'avais tapé moi-même. Il prit une loupe dans sa boîte à gants et scruta les caractères. Une fois son examen terminé, il parut plus ennuyé que surpris.

— Où avez-vous trouvé la machine ?

— Au ranch, comme je m'y attendais.

— Mat le sait ?

— Non, et je n'ai pas l'intention de le lui dire pour l'instant. Maintenant, autre chose. Les deux attentats contre Billy ont exigé la présence d'un complice à *Los Dudes*. Chaque fois, le départ de Mat a été improvisé. Ce type n'aurait pu leur tendre une embuscade si on ne lui avait fait parvenir un message.

Il médita un moment sur ce que je venais de dire.

— Je n'aime pas cela, Miss Evans. Qui était au courant de ces départs ?

— Lizbeth McCrea y assistait les deux fois, mais n'importe qui au ranch a pu les voir partir.

— Vous pouvez éliminer Liz, elle est folle du gosse et puis c'est une chic fille.

— Je suis d'accord avec vous, shérif, je la citais seulement parce qu'elle était là. En fait, ce peut être n'importe qui. Il va falloir chercher qui pouvait bien être en rapport avec Davis Hunt ; c'est le mort, ajoutai-je devant son air surpris.

— Je n'aime pas cela, répéta-t-il.

— Ecoutez, Blatney, expliquons-nous une bonne fois. Qu'est-ce que vous n'aimez pas : faire votre métier ?

Il haussa les épaules.

— Mat Spencer fait la pluie et le beau temps ici. Le maire et le district attorney lui doivent leurs postes ; je serai shérif aussi longtemps qu'il le voudra, pas un jour de plus. Alors, s'il veut engager des tueurs à gages, tant que tout se passe légalement, je ferme les yeux. Mais si vous, vous voulez remuer la merde autour de la famille Spencer, alors là, je ne vous suis plus. Est-ce que vous pouvez comprendre ça, ma petite ?

— Je comprends ; malheureusement ce n'est pas tout, shérif. Regardez ça, ajoutai-je en lui tendant le mouchoir sur lequel je m'étais essuyé les doigts après avoir utilisé la vieille Underwood.

— Qu'est-ce que c'est ?

— Rien d'autre que de la poussière. Elle recouvrait la machine à écrire sur laquelle on a tapé la lettre de menaces. Cela faisait plusieurs mois, peut-être plusieurs années qu'on ne s'en était pas servi.

Il me regarda, bouche bée. Cette fois, je l'avais sonné.

— Oh ! merde, finit-il par murmurer. Oh ! merde !

— J'avoue que je n'y comprends rien, shérif. Résumons : une lettre de menaces est écrite au ranch il y a au moins plusieurs mois, probablement par un membre de la famille Spencer. Elle est envoyée à Mat il y a seulement quelques jours et un homme extérieur au ranch tente effectivement de tuer Billy. Tout cela est extravagant !

— Ce doit être un tueur professionnel, suggéra-t-il.

— Il va falloir s'en assurer. En attendant, une seule chose est certaine, l'affaire est beaucoup plus compliquée qu'elle n'en a l'air.

— Qu'allez-vous faire ?

— Je constate que vous ne dites pas : qu'allons-nous faire ?

— Désolé, Miss Evans, je ferai ce que dira Mat, un point c'est tout.

— Puis-je au moins compter sur votre aide technique ?

— C'est-à-dire ?

— Je voudrais que vous envoyiez la lettre au laboratoire de Santa Anna ; ils pourront déterminer quand elle a été écrite, d'après le vieillissement de l'encre.

— Vous êtes shérif adjoint, je vous préparerai le formulaire, vous n'aurez qu'à le signer.

— D'accord. Pouvez-vous faire une recherche générale sur le mort, antécédents, condamnations éventuelles, etc. ?

— Oui, on le fait toujours, cela fait partie de la routine, je n'ai pas besoin d'en référer à Mat.

— On dirait que vous pensez que Mat pourrait ne pas vouloir qu'on découvre la vérité.

— Mais non, vous n'y êtes pas du tout. Dès lors qu'un membre de la famille Spencer risque d'être impliqué, il est probable que Mat préférera le découvrir lui-même et régler l'affaire seul.

— Ah ! je vois. Bon, on peut toujours faire des recherches sur ce Davis Hunt, pour l'instant, rien ne le relie au ranch. J'irai demain à son adresse de Pasadena, on ne sait jamais, je trouverai peut-être quelque chose d'intéressant.

— Ça, c'est en dehors de ma juridiction, dit-il avec soulagement.

— Je vous laisse enquêter à San Bernardino sur Hunt, je suppose que cela fait aussi partie de la routine. Savoir où il logeait, qui il fréquentait, depuis quand il était arrivé, etc. En particulier, vous pourriez essayer d'apprendre si quelqu'un l'a vu pénétrer sur les terres du ranch et à quelle heure.

— Ça, c'est possible. Au-delà, il faut d'abord que je voie Mat pour savoir où je mets les pieds. S'il veut que j'enquête à fond, je fonce, sinon je ferai le minimum. Je pense toutefois pouvoir découvrir ce qui vous intéresse et je vous le ferai savoir.

— C'est d'accord, Blatney, vous voyez qu'on finit par s'entendre quand on s'explique.

— Qu'allez-vous dire à Mat, exactement ?

— Que les attentats sont inexplicables sans l'existence d'un complice à *Los Dudes*. C'est tout.

— Bon, entendu. Cela ne va pas lui plaire, mais on ne peut pas l'éviter. En réfléchissant, il l'aurait compris lui-même un jour ou l'autre.

Il remit le moteur en route et, après s'être épongé le visage, reprit la piste cahotante. Le shérif était plongé dans un abîme de réflexions qui lui donnait un air encore plus sinistre qu'à l'ordinaire. Cet homme avait mal au foie, j'en étais sûre ! Ce fut seulement aux abords de l'hacienda qu'il reprit la parole.

— Je regrette ce que j'ai dit tout à l'heure, Miss Evans, je suis certain que vous n'avez pas descendu ce type pour les dix mille dollars de Mat. Pardonnez-moi.

— Ce n'est rien, shérif.

J'aurais aimé en être aussi certaine que lui.

8

Nous étions assis en face de Mat, dans son bureau. Le shérif Blatney, mal à l'aise, m'avait écoutée faire mon analyse des faits et conclure à une complicité à l'intérieur de *Los Dudes*. Il s'était bien gardé de dire un mot. Mat avait d'abord paru stupéfait puis son visage s'était rembruni ; il était furieux, ce qui n'avait pas lieu de me surprendre.

— Je n'avais pas pensé à ça, reconnut-il. Est-ce aussi votre avis, shérif ?

— Oui, Mat, ces embuscades ne peuvent s'expliquer autrement. Miss Evans a raison, j'en ai peur.

— Vous comprenez ce que cette idée m'a d'odieux, un traître parmi nous ! Il faut que vous le découvriez absolument, ne serait-ce que pour la protection de Billy.

— Je ne pense pas que Billy coure un danger quelconque maintenant, dis-je. Le complice, quel qu'il soit, va surtout chercher à se faire oublier. Il a compris que nous ne plaisantions pas et ne tient pas à finir comme Hunt.

— Sans doute avez-vous raison, pourtant je veux que tout soit fait pour écarter le danger de Billy. Qu'allez-vous entreprendre ?

— Je retournerai demain à Los Angeles. Je chercherai à savoir qui était ce Davis Hunt et quels liens il pouvait bien avoir avec le ranch. Si son adresse de Pasadena n'était plus valable, je demanderais à la police de L.A. de faire des recherches. Maintenant, nous avons un point de départ bien établi.

— Très bien, et vous Blatney ?

— Je compte enquêter à San Bernardino. Dois-je le faire aussi dans le ranch ?

— Non, autour, en ville, dans le comté tant que vous voudrez, mais pas à *Los Dudes*. Il est hors de question que vous interrogiez mes hommes, ici, c'est moi que cela regarde. Avec les renseignements que rapportera Miss Evans, nous arriverons bien à identifier ce complice et je saurai quoi faire.

— Très bien, Mat. Si j'apprends que ce Hunt a eu

des contacts en ville avec quelqu'un du ranch, je vous le ferai savoir. Avec votre permission, je vais me retirer maintenant.

Mat le raccompagna après m'avoir demandé de l'attendre. A son retour, il prit une liasse de billets dans un tiroir de son bureau et me tendit quinze mille dollars.

— Je ne pense pas les avoir encore gagnés, Mat, l'affaire est loin d'être terminée.

— Peut-être, mais le danger qui menaçait directement Billy est écarté, et c'est l'essentiel. Prenez, cet argent vous appartient, vous l'avez bien mérité.

Refuser l'aurait mécontenté inutilement, toutefois je me sentais dans la peau du tueur à gages qui reçoit le solde de son dernier contrat. Les billets verts me parurent poisseux comme du sang et je les fourrai rapidement dans mon sac.

— Je ne veux plus qu'il soit question d'argent entre nous, Mat, maintenant. J'estime avoir été largement payée pour mener cette enquête à son terme.

— Comme vous voudrez, Carol. Tenez-moi au courant de ce que vous aurez découvert à Los Angeles ; je serais curieux de savoir qui était ce Hunt et pourquoi il en voulait à Billy.

— Il vous était totalement inconnu ?

— Oh ! tout à fait, je suis certain de n'avoir jamais rencontré cet homme. Cependant, au moment de la récolte des oranges, nous embauchons du personnel saisonnier que je connais mal et il n'est pas impossible que Hunt ait travaillé au ranch. C'est Gavin qui s'en occupe et je lui dirai de passer à la morgue voir s'il reconnaît ce type.

— Vous pensez à une vengeance d'un ouvrier licencié ?

— Oui, je ne vois pas d'autre possibilité.

— Désolée, Mat, Davis Hunt vous connaissait mieux que cela. Rappelez-vous la lettre de menaces qui faisait allusion au départ de votre fils John.

Son visage se contracta brusquement sous l'effet de la contrariété, puis il se reprit.

— Vous avez raison, Carol, j'avais oublié. Cette histoire doit avoir des ramifications plus profondes qu'il n'y paraît. Pour l'instant, je ne vais pas renvoyer Billy à l'école ; tant que l'affaire n'est pas complètement éclaircie, je préfère qu'il reste au ranch. Mais dites-moi, j'y pense maintenant, cet homme ne pourrait-il être un tueur à gages agissant pour le compte d'un tiers ?

— C'est possible quoique peu probable, Mat. Un professionnel n'aurait pas écrit ; il s'agit plus probablement d'une vengeance privée. Dès que j'en saurai plus sur ce Davis Hunt, je viendrai vous en informer.

— Très bien, faites de votre mieux.

En le quittant, j'aperçus Lizbeth qui, du seuil de sa chambre, me faisait signe de venir la rejoindre. Elle referma soigneusement la porte derrière moi après s'être assurée que personne ne passait dans le couloir.

— Pourquoi ces airs de conspiratrice ? lui demandai-je.

— Après votre départ, je suis restée en faction près du téléphone ; je ne sais pourquoi, j'avais l'intuition qu'il allait vous arriver quelque chose. Eh bien, personne n'a téléphoné pendant toute la durée de votre absence.

— Comment peux-tu en être sûre ?

— Une petite ampoule rouge s'allume lorsque quelqu'un utilise un autre poste.

— C'est valable pour tous les postes de l'hacienda ?

— Pour tous, y compris ceux des bâtiments des péons. Seuls Gavin et Kate ont une ligne privée. Tu crois que...

— Je ne crois rien. Il existe bien d'autres méthodes pour communiquer que le téléphone, *talkie-walkie*, poste émetteur miniature, etc., sans parler des signaux optiques. Une seule chose est sûre, on nous attendait au musée de Mat.

— Je sais, Billy m'a tout raconté ; il était ravi, à cet âge-là on ne se rend pas compte. A-t-il vraiment couru un danger ? Il m'a dit que l'homme avait cherché à l'attraper.

— Crois-tu que j'aurais tiré, autrement ? répondis-je, agacée.

Je quittai Liz un peu brusquement et j'allai placer l'argent donné par Mat dans ma valise puis je descendis avec l'intention de me reposer un moment au bord de la piscine. Comme je traversais le living, les cris de Juanita m'apprirent que Billy n'était pas loin. J'allai voir ; pendant qu'elle tournait le dos le garnement avait versé de la glu dans son chiffon à poussière. Maintenant, la main droite de la pauvre fille et son chiffon étaient collés à un vase en faïence de l'entrée. Dixie, qui somnolait sur le sofa du living, vint nous rejoindre, elle contempla la scène d'un regard noyé par l'alcool.

— *Agua caliente, por favor, señora*, me demanda la femme de chambre.

— J'y vais, lui dis-je. Tu devrais te coucher, ajoutai-je à l'adresse de Dixie qui titubait.

Elle me regarda sans paraître comprendre le sens de mes paroles, puis partit d'un rire inextinguible. Elle était complètement ivre. Je haussai les épaules et allai chercher de l'eau chaude. Quand je revins, Dixie était assise par terre et prononçait des mots sans suite tout en se tirant les orteils l'un après l'autre. Je tendis la bouilloire à Juanita et lui demandai :

— Elle est souvent comme ça ?

— *Si, señora, amenudo.*

Juanita devait avoir une grande expérience de la glu, car elle fit habilement couler l'eau chaude sur sa main droite qu'elle dégagea d'abord, puis ce fut le tour du chiffon. Il restait ensuite à tout éponger.

Je criai très fort :

— Billy, si tu m'entends, je suis au bord de la piscine.

Il me rejoignit sans que j'aie pu voir par où il s'était faufilé.

— J'l'ai bien eue, hein, la bonniche ? me dit-il, tout fier de son exploit.

— Il n'y a pas de quoi se vanter. Tu devrais t'en prendre plutôt à Miguel, il saurait se défendre.

— Oh ! je l'ai déjà fait. Le mois dernier, j'ai glissé une scolopendre dans son lit, une grande comme ça, ajouta-t-il avec un geste que n'aurait pas renié un pêcheur à la ligne.

— Et il a été piqué ?

— Ouais, j'veux. Il a pas pu s'asseoir pendant deux jours. Remarque, il m'avait filé une raclée pour le coup que j'avais fait à Liz quelques jours auparavant, il la méritait bien, sa scolopendre. Et puis là, il a jamais pu être sûr que c'était moi, elle aurait pu entrer toute seule dans son lit, la bestiole.

— Billy, tu es un monstre. Qu'avais-tu fait à cette pauvre Liz ?

— Ben, je croyais pas que c'était méchant ; moi, j'avais juste voulu rigoler. Un soir, pendant qu'elle était à la salle de bains, je me suis glissé dans sa chambre et j'ai mis de la peinture violette en poudre dans les bonnets de son soutien-gorge. Le matin, je me suis levé de bonne heure et je suis allé la retrouver ; j'ai prétendu avoir eu un cauchemar. Pendant qu'elle s'habillait, j'ai réussi à la distraire en lui racontant mon rêve et elle ne s'est aperçue de rien. Peu avant midi, ma mère a proposé de nager dans la piscine et Liz est montée se changer. Alors là, malheur, elle avait de grosses marques violacées sur les seins, elle a cru qu'elle avait attrapé une maladie terrible et elle s'est précipitée en larmes chez Mat. Ça a fait un barouf terrible, jusqu'à ce que ma mère ait l'idée d'examiner les vêtements de Liz. Alors, ils me sont tous tombés dessus et grand-père m'a fait donner dix coups de martinet par Miguel. C'est pour ça que je lui en voulais, à ce salaud.

— Et pas à ton grand-père ?

— Ben, non, lui, c'était normal.

— Et Liz, elle ne t'en a pas voulu ?

— Non, je suis allé lui demander pardon, j'ai pleuré un peu, elle aussi, alors on s'est réconciliés et elle m'a mis de la pommade sur les mollets, là où Miguel m'avait frappé.

— Tu es vraiment un sale gosse ; si tu m'avais fait ça, je crois bien que je t'aurais cassé un bras ou une jambe. Peut-être les deux. Je ne te conseille pas d'essayer.

— Oh ! mais je n'essaierai pas, Carol, ni avec toi ni avec grand-père. Vous, vous êtes forts.

Tout en discutant avec le gamin, une idée m'était venue. Mrs Thorne était la seule personne au ranch qui m'avait fourni des renseignements intéressants jusqu'ici. Si Davis Hunt avait jamais approché de près ou de loin *Los Dudes*, elle le saurait peut-être ; en tout cas, cela valait la peine de le lui demander avant de me rendre à Pasadena. Toutefois, je ne voulais pas avoir l'air de l'interroger et la présence de Billy me serait nécessaire.

— Je vais à Los Angeles demain, Billy. Est-ce que

ça te plairait de retourner dans la maison de la forêt ?

— Oh ! oui, alors, c'est là que je m'amuse le mieux. On y va tout de suite ?

— Il est trop tard maintenant. Je t'y conduirai demain matin, en partant pour L.A., et je demanderai à Liz d'aller t'y rechercher. Maintenant, lis un de tes illustrés et laisse-moi me reposer un moment.

Le repas du soir fut aussi infect que celui de la veille et la soirée plus morne encore. Kate passa le plus clair de son temps à faire des allusions à la mauvaise éducation de Billy et au manque d'autorité de Lizbeth, le tout accompagné de quelques remarqes sur « l'état » de Dixie qui ne lui permettait pas de s'occuper de son fils. Du coup Liz, furieuse, n'ouvrit pas la bouche, Dixie non plus, sinon pour boire deux bouteilles de chardonnay, et Billy jugea plus prudent de se taire. Je fis quelques efforts pour entretenir une conversation avec Mat sur les qualités comparées des revolvers et des automatiques ; Gavin, interrogé, se contenta de pousser un ou deux grognements d'assentiment. Une fois desservie la crème glacée tiède qui semblait être une spécialité de la cuisinière, je m'éclipsai et montai lire dans ma chambre. Allons, la journée avait été bien remplie.

Au matin, Lizbeth m'expliqua la route à suivre pour arriver en voiture à la maison des Thorne. Elle fit promettre à Billy de l'y attendre et de ne pas chercher à rentrer seul à pied, puis nous laissa partir à regret.

— Tu parles comme je vais l'attendre ! me dit le gamin, une fois dans la voiture. Maintenant que t'as refroidi le mec, il n'y a plus de danger.

— Il vaut pourtant mieux que tu l'attendes, Billy. En ce moment tu ne peux pas disparaître pendant des heures comme autrefois ; le shérif peut avoir besoin de te poser des questions, enfin il faut savoir où tu es.

Le shérif ne semblait pas peser d'un grand poids aux yeux du gamin, néanmoins il promit d'attendre Liz. La maison des Thorne n'était guère qu'à une demi-heure de l'hacienda par la route et je me garai bientôt devant chez eux. Mrs Thorne sortit aussitôt pour m'accueillir, elle devait manquer de distractions et la venue de visiteurs était un événement. Billy fila à l'intérieur retrouver Clay Thorne, je comprenais assez mal le plaisir que trouvait l'enfant à jouer avec ce malheureux ; il est vrai qu'à l'hacienda Billy était entouré d'adultes et Clay devait avoir l'âge mental d'un enfant de cinq ans.

Sa femme me fit asseoir à l'ombre d'un pin parasol. Je lui racontai les derniers événements ; devant son peu de surprise, je supposai que Mat l'en avait déjà informée par téléphone.

— L'homme se nomme Davis Hunt, ce nom vous dit-il quelque chose, Mrs Thorne ? Je cherche à établir le lien qui l'unissait à *Los Dudes*.

— Ce nom m'est inconnu. Cet homme avait-il un signe distinctif, quelque chose qui permette de l'identifier ?

— Non, j'en ai peur. Les services du shérif doivent me fournir une photo, je vous la montrerai. Mat pense qu'il peut avoir travaillé au ranch comme journalier.

— Vous savez, il y a quinze ans que je vis ici et il y a fort peu de chances que j'aie pu rencontrer cet homme, même s'il a travaillé à *Los Dudes*. Quelle importance maintenant ?

Je lui expliquai l'hypothèse d'une complicité à l'intérieur du ranch. Là aussi elle ne manifesta aucune surprise. Elle me regardait avec cet air détaché de l'entomologiste qui observe la vie et la mort d'un insecte.

— Qui serait le complice selon vous ?

— On ne tue pas un enfant sans motif grave.

— Je ne vous suis pas, Miss Evans.

— Qui a intérêt à la mort de Billy ?

— Mais... personne, c'est absurde.

— Pas si absurde que cela. Il y a d'abord Gavin Spencer. C'est à lui que devrait revenir *Los Dudes* à la mort de Mat ; or, c'est le gamin qui a été choisi par son grand-père pour lui succéder.

— Gavin est un imbécile. Il n'aime pas beaucoup le petit, c'est vrai, mais uniquement parce que Billy est insupportable et embête tout le temps Kate. Gavin sait très bien qu'il n'est pas capable de succéder lui-même à son père.

— Admettons. Il y a aussi Lizbeth qui hériterait probablement d'une part beaucoup plus importante si...

— Vous dites n'importe quoi !

Pour la première fois, Mrs Thorne s'était départie de son impassibilité. Elle paraissait furieuse.

— Liz est la plus gentille fille que je connaisse et elle adore le gamin bien plus que sa propre mère.

— Peut-être, mais Dixie, elle, n'a aucun intérêt à la mort de Billy.

— Vous raisonnez faux, Miss Evans, on ne peut pas mettre les gens en équation, ils n'agissent pas en fonction de motifs logiques mais selon leur cœur. Il est vrai — théoriquement — que Lizbeth pourrait avoir intérêt à la disparition de Billy, pourtant elle donnerait sa vie pour lui si elle en avait l'occasion. Liz est la droiture et le dévouement mêmes ; la soupçonner ne vous honore pas.

— Je n'ai pas dit que je la soupçonnais, Mrs Thorne. Je citais simplement les possibilités. La troisième est John Spencer. Ne pourrait-il chercher à atteindre son père à travers l'enfant ?

— Vous n'avez réellement aucun sens des sentiments qui peuvent unir les membres d'une même famille ! On se demande quelle jeunesse a été la vôtre. John s'en prendre à son propre fils ! C'est tout simplement idiot !

— Je vous ferai remarquer qu'il ne s'est apparemment jamais soucié de cet enfant. Ensuite, peut-être ne cherchait-il qu'à blesser son père ?

— Encore une construction de votre esprit déformé, Miss Evans. John était un être foncièrement honnête, les années ne l'ont sûrement pas changé ; s'il l'avait voulu, il aurait pu revenir au ranch, reprendre le petit... Non, vous ne connaissez pas cette famille. La seule qui serait capable d'une mauvaise action serait Dixie, si elle y avait intérêt, et ce n'est pas le cas.

— Vous voyez bien que vous raisonnez vous aussi en termes d'intérêt, Mrs Thorne.

— Dans le cas de Dixie uniquement. Lizbeth et John sont des êtres foncièrement purs, oubliez-les.

— Je vais peut-être vous surprendre, Mrs Thorne, mais je vous crois.

Loin de la rasséréner, ma conclusion lui fit froncer les sourcils comme si elle y cherchait je ne sais quelle arrière-pensée. Son regard se posa longuement sur moi, je crois que si elle avait pu me faire disparaître de la surface de la terre, elle l'aurait fait. Après un long silence pesant, elle se leva.

— Je n'aime pas laisser Clay trop longtemps, dit-elle, il peut avoir besoin de quelque chose.

Son mari et l'enfant jouaient à quatre pattes par terre. Ils tentaient de compléter un puzzle géant reproduisant un tableau qui commémorait l'action de Custer à Gettysburg.

Mrs Thorne traversa la pièce pour aller fermer la porte de la chambre restée ouverte. J'eus le temps d'apercevoir deux manteaux de fourrure dans une penderie. Même de loin, il était évident qu'il s'agissait de vison véritable à cinq ou six mille dollars pièce. Mat Spencer était-il tellement généreux ? Ou bien, comme l'avait laissé entendre Dixie, Mrs Thorne était-elle sa maîtresse ? Cela me paraissait à tout le moins plus que probable.

— Bonjour, Clay, dis-je au malheureux.

— Bon-jour, ma-da-me, Bil-ly gen-til, ve-nu jouer a-vec son a-mi Clay.

— Oui, Clay, Billy est très gentil. Continuez votre puzzle, je ne veux pas vous déranger.

Je pris congé de Mrs Thorne après lui avoir expliqué que Liz viendrait chercher le gamin. Elle me souhaita aimablement un bon retour à Los Angeles. Pourtant j'avais l'impression qu'elle me haïssait désormais. Peut-être la solitude l'avait-elle aigrie au point de considérer toute intrusion comme un acte d'hostilité.

C'est avec joie que je repris la route de L.A. J'avais cru trouver l'air pur des grands espaces dans ce ranch, en réalité l'atmosphère y était plus confinée encore qu'à Bel Air. Si je vivais ici, me dis-je, je finirais par me mettre à boire comme Dixie. Ou pis encore !

9

En quittant les Thorne, je regagnai San Bernardino par North Park Boulevard ; on voyait encore les restes calcinés des maisons détruites par l'incendie de broussailles de novembre 1980. A la sortie de la ville, je pris le *freeway* jusqu'à Pomona et, de là, Colorado Boulevard qui me conduisit à Pasadena.

Davis Hunt habitait un immeuble délabré d'Eastern Avenue. Je me garai au plus proche parking et revins lentement à pied. Quelques boutiques minables, tenues par des Chicanos, et un drugstore constituaient tout l'environnement. Je pénétrai dans l'immeuble, assaillie par une odeur aigre, écœurante. Je consultai la liste des locataires affichée près de la porte de l'ascenseur. *D. Hunt, 4e droite*. Je montai et collai mon oreille à la porte : aucun bruit à l'intérieur. J'introduisis la clef trouvée sur Hunt et que j'étais passée prendre au bureau du shérif avant de quitter San Bernardino. La serrure joua sans difficulté.

— Entrez, poupée, dit une voix masculine, je commençais à m'ennuyer.

Je refermai la porte derrière moi. Je me trouvais dans un studio crasseux occupé par un jeune homme barbu dont le seul vêtement était un pantalon de pyjama. Il était à demi allongé sur le lit, apparemment occupé à ne rien faire. Son regard me détailla, s'attarda longuement sur mes seins, puis revint à mon visage.

— Si vous veniez pour baiser avec Davis, poupée, il n'est pas là, mais je peux le remplacer avantageusement.

En même temps, il entrouvrit son pantalon et exhiba un membre de dimension plus que respectable.

— Qui êtes-vous ? lui demandai-je.

Il rangea son matériel, s'étira à la manière d'un chat et me gratifia d'un beau sourire. Avec ses dents bien plantées et très blanches, ce type aurait fait merveille pour vanter un dentifrice à la T.V.

— Je m'appelle George Kirkpatrick, mais on me connaît sous le nom de Happy parce que je suis toujours heureux.

— Vous avez bien de la chance !

— C'est ce que tout le monde me dit, à croire qu'il n'y a que moi d'heureux sur cette foutue putain de planète. Et vous, comment vous ont nommée vos paternels ?

Tout en parlant, il se leva ou, plus exactement, il se coula debout à la façon de certains commandos bien entraînés, et vint à moi. J'ai beau être très grande, il me dominait d'une demi-tête. Il me prit par le menton et m'embrassa sur la bouche ; je fus si surprise que je ne pensai pas à réagir.

— Asseyez-vous, poulette, me dit-il en débarrassant une chaise des magazines qui l'encombraient.

J'obéis tandis qu'il prenait un autre siège et s'asseyait à califourchon en face de moi.

— Je vous offrirais bien un drink, mais il n'y a plus rien à boire ici, pas même une bouteille de Hereford's. Je suis complètement raide ; remarquez, être raide, pour un homme, ce n'est pas si mal.

— Ne seriez-vous pas surtout un obsédé sexuel ?

— Pas du tout. Seulement voilà, ça fait trois jours que je n'ai plus mis le nez dehors *because* manque de pognon. Alors quand je vous ai vue arriver, je me suis dit que c'était une bénédiction du Seigneur direction le pieu.

— Vous avez fait les commandos ? lui demandai-je pour détourner les voies du Seigneur.

— Oui, comment le savez-vous ?

— La façon dont vous vous êtes levé tout à l'heure. J'étais dans l'armée, moi aussi, il y a quelques années.

— Mais alors, t'es mon frère d'armes, poupée !

Il éclata de rire, bondit sur mes genoux et m'embrassa de nouveau sur les lèvres. Cette fois, je ne me laissai pas surprendre et le repoussai.

— Dans ce cas, camarade, tu pourrais peut-être me traiter comme un frère d'armes, pas comme une poupée.

— Eh qu'est-ce que tu crois ? Quand il n'y avait pas de putes à proximité, on baisait ensemble. Je ne suis pas homo, mais j'ai rien contre. Alors, quel est ton nom, poulette ?

— Carol Evans.

— Eh bien, Carol, tu es une des plus chouettes filles que j'aie rencontrées depuis longtemps.

— C'est ça, depuis trois jours...

— Oh ! plus longtemps que ça, depuis que j'ai rompu avec Jenny, il y a deux mois de ça. C'était une môme du tonnerre, comme toi ; un type plein aux as me l'a piquée. Normal, quoi.

— Et tu t'imagines que l'argent va rentrer tout seul si tu restes là à ne rien faire ?

— Si la combine de Davis marche, tout baignera dans l'huile.

— La combine ? Tu ne veux pas parler de ce qu'il est allé faire au ranch *Los Dudes*, à San Bernardino ?

— Ben, si. Dis donc, tu dois bien connaître Davis pour qu'il t'ait révélé le nom du ranch. Moi qui suis pourtant son pote depuis six mois, il n'a rien voulu me dire.

— Depuis six mois ?

— On s'est connus en taule, on était compagnons de cellule. Il me parlait toujours du gros coup qu'il voulait faire dans la région de San Bernardino, mais il ne voulait pas dire un mot de plus. La vache !

— Vous êtes sortis ensemble ?

— Presque, on m'a libéré quinze jours avant lui ; j'ai loué cette piaule pour nous deux et il m'a rejoint. Voilà toute l'histoire, poupée.

Je repoussai la main qu'il venait de glisser entre mes jambes. Cette histoire de gros coup laissait supposer que Davis avait bien été payé pour descendre le gamin. Mais pourquoi prévenir, alors ? Cette affaire ne cessait de s'embrouiller... Jusqu'à quel point pouvais-je me confier à Happy ?

— Je reviens à cette histoire de combine, reprisje, Davis devait toucher de l'argent pour descendre le gosse Spencer, c'est ça ?

— Tu es folle ! Il n'a jamais été question de descendre qui que ce soit. Davis avait découvert quelque chose sur des gens pleins de pognon, je ne sais pas s'ils s'appellent Spencer, il ne m'a rien dit, sinon qu'ils vivaient dans un ranch. Il commençait juste à négocier avec eux quand — crac — il s'est fait cravater pour un petit casse qu'il avait fait un jour de fauche. Tu parles d'un manque de pot ! Deux ans fermes qu'ils lui ont mis, les mecs, tu penses qu'il se rongeait, il en devenait fou en songeant à tout ce pognon qui l'attendait !

Cette explication de Happy, donnée du ton de la plus grande sincérité, me plongea dans la stupeur. Le garçon en profita pour m'embrasser de nouveau et je dus m'arracher à son étreinte. Je me levai et m'éloignai de lui.

— Happy, laisse-moi, je ne suis pas un objet sexuel disponible pour le premier venu. Tu es un gentil garçon ; habille-toi, je t'invite à déjeuner. Nous avons à causer, tous les deux.

— Toi, tu es chouette, poulette ! s'écria-t-il. De quoi va-t-on causer ?

— De Davis et de ses rapports avec la famille Spencer...

— Je veux bien mais je te veux d'abord...

Il me surprit une nouvelle fois en sautant à pieds joints par-dessus la chaise qui nous séparait. Il m'écrasa contre lui et m'embrassa avec fougue ; malgré ma passivité, je sentis sa verge se gonfler contre mon ventre. Je parvins enfin à le repousser gentiment mais fermement.

— Laisse-moi te baiser, poupée, supplia-t-il. Rien qu'un coup...

— Pas question. Tout à l'heure, peut-être.

— Pourquoi, bon sang ? Ah ! ces filles qui veulent toujours se faire prier, quelle engeance ! Moi, je te veux maintenant, alors viens ou va-t'en.

— Davis Hunt a été tué hier par un assistant du shérif de San Bernardino.

Comme je m'y attendais, cette révélation lui fit l'effet d'une douche froide. Il se laissa tomber sur la chaise par-dessus laquelle il venait de sauter. On aurait cru un boxeur sonné.

— Mort... Davis... répéta-t-il comme pour se donner le temps de s'habituer à l'idée.

Puis il ajouta, devenu soudain soupçonneux :

— Qui es-tu, au juste ?

— Davis était chez moi à San Bernardino, il ne te l'avait pas dit ?

Il secoua la tête.

— Il ne me disait rien.

— Je l'avais connu il y a cinq ans et nous sommes restés ensemble quelque temps. Il y a une semaine il m'a téléphoné pour me demander de le loger deux ou trois jours. J'ai d'abord cru qu'il cherchait une planque et je n'ai pas été très chaude ; puis il m'a expliqué qu'il avait seulement une affaire à traiter à San Bernardino.

— Tu habites là-bas ? me demanda Happy qui acceptait mes mensonges sans discuter.

— Oui, c'est ça.

— Quelle était ton idée en venant ici ? ajouta-t-il.

— J'espérais découvrir ce qui avait poussé Davis à agir comme il l'a fait. Maintenant, s'il s'agit d'une affaire qui puisse rapporter de l'argent, nous pourrions la reprendre à notre compte ; part à deux, tu comprends.

— Ça m'irait, ça m'irait drôlement bien surtout si tu es comprise dans ma part, poupée. L'ennui, c'est que je ne sais rien, rien du tout.

— Habille-toi, on va manger un morceau. Des souvenirs te reviendront peut-être.

Il se releva, se mit nu, enfila un blue-jean, une chemise bariolée et des baskets. Je dus admettre que c'était un beau spécimen de mâle, taille fine, ventre plat, jambes nerveuses. Malgré moi, j'avais ressenti un léger émoi tout à l'heure lorsqu'il m'avait embrassée avec tant de fougue. Il faudrait que je me méfie de lui.

Je descendis à South Pasadena dans un petit restaurant italien peu fréquenté à cette heure. Happy avait jeté un coup d'œil appréciateur à ma Cadillac, je devais lui paraître de plus en plus désirable... Le restaurant était désert et Luigi ne fit aucune difficulté pour nous placer à la table isolée que je désirais. Ainsi, s'il arrivait des clients, ils ne pourraient surprendre notre conversation.

— Ecoute, Happy, je pense que le mieux est de mettre nos informations en commun. Voici ce que je sais. Cette affaire a rapport avec la famille Spencer, au ranch *Los Dudes*. Davis a adressé une lettre de menaces à Mat Spencer (il eut un geste de dénégation), attends, laisse-moi parler. Dans cette lettre il menaçait de faire disparaître Billy, un gamin de dix ans, le petit-fils de Mat. Et c'est en tentant d'agresser l'enfant qu'il a été abattu.

— C'est idiot ! explosa Happy. Il n'a jamais été question qu'il tue, surtout un gosse ! Davis n'était pas un tueur. Il voulait faire chanter quelqu'un de la famille, c'est tout.

— Je te dis ce que je sais, Happy, tu connaissais Davis, il ne faisait pas de confidences. Il est venu chez moi et m'a demandé le chemin de *Los Dudes*, rien d'autre. La lettre et sa mort, j'en ai été informée par un des adjoints du shérif avec qui je suis bien.

— C'est ça, tu couches avec un flic et tu te refuses à moi !

— Je ne couche pas avec lui, si ça peut te faire plaisir.

— Bon, passons. Je ne comprends rien à ton histoire, il n'a jamais parlé d'enfant, de menaces... Tout ça ne tient pas debout.

— Attends...

J'allai demander à Luigi de me prêter le *Los Angeles Times*. Dans les nouvelles locales, à la page de San Bernardino, un entrefilet annonçait la mort de Davis Hunt, abattu alors qu'il tentait d'assassiner le jeune Billy Spencer. Je le rapportai à Happy qui parcourut l'article d'un air profondément dégoûté.

— Tu as bien dit que tu t'appelais Evans ? me demanda-t-il. (Je fis un signe d'assentiment.) C'est curieux, c'est aussi le nom de l'assistant du shérif qui l'a tué.

— Mon ancien mari.

— Ah ! je comprends maintenant pourquoi tu es si bien avec la police. Tout ça ne tient pas debout, répéta-t-il en jetant le journal par terre après l'avoir roulé en boule.

— Qu'en sais-tu ?

— Je ne sais pas grand-chose, malheureusement, sauf qu'il ne s'agissait pas d'un assassinat. Quelqu'un, à San Bernardino, était prêt à payer un gros paquet pour acheter le silence de Davis. Ils avaient pris contact avant son arrestation et l'affaire allait se conclure quand Davis s'est fait bêtement prendre. Il est parti là-bas pour poursuivre son chantage, j'en mettrais ma tête à couper. Il n'a jamais été question de tuer, ni même d'enlever, un gosse, sinon je me serais tiré vite fait. Moi, les gosses, j'y touche pas.

— Pourquoi étais-tu en taule ?

— Oh ! pour rien. J'ai un peu bousculé une fille. J'ai écopé de six mois pour coups et blessures. Heureusement qu'elle ne m'a pas accusé de viol, sans quoi j'en prenais pour quarante ans !

— Tu l'avais bousculée à ce point ?

— J'étais en colère, je lui ai filé une avoine et elle a eu le nez cassé, la môme ; c'était un accident.

— Je comprends. Revenons à Davis. Est-ce réellement tout ce que tu sais ?

— Deux choses encore. Une fois, après avoir parlé du gros paquet qu'il comptait toucher, il a ajouté : « Elle s'est foutue de moi, mais je lui ferai voir. » C'est la seule allusion qu'il ait faite à une femme.

— Et l'autre chose ?

— Il gardait une boîte dans la piaule. Elle est bourrée de coton et renferme un verre enveloppé de papier de soie. Davis me l'a montré plusieurs fois en disant qu'il valait de l'or. Un verre ordinaire, et sale, par-dessus le marché ! Je n'ai jamais compris pourquoi il y attachait tant d'importance.

— Il doit y avoir des empreintes dessus.

— J'avais pas pensé à ça, poupée, on voit que t'as été la femme d'un flic. Il te baisait bien au moins ?

— Cette histoire de verre peut devenir intéressante, mais ne nous apprend pas grand-chose pour l'instant. Sais-tu si Davis avait d'autres amis que toi, de la famille ?

— Je crois qu'il avait encore sa mère, mais j'sais

pas où elle crèche. En dehors de moi, il était assez copain avec un Noir, Joe Nudgett, nous sommes allés le voir une fois. Je crois qu'ils avaient été associés avant son arrestation.

— Tu sais où il habite ?

— Oui, j'ai une adresse où on peut le joindre.

— Il a connu Davis il y a deux ans, c'est-à-dire au moment où cette idée de chantage lui est venue. Peut-être sait-il quelque chose à ce sujet. Ce que je voudrais découvrir, c'est le lien qui unissait Davis et la famille Spencer, tu comprends ?

— Il a pu tomber sur un truc par hasard.

— Non, tu oublies la lettre de menaces, elle montre une connaissance précise des Spencer. Le hasard ne joue aucun rôle dans cette affaire.

— Cette histoire de lettre ne tient pas debout, poupée. Je te répète que Davis ne voulait tuer personne ; maintenant, cela me revient, il téléphonait, j'en suis sûr. Il n'a jamais écrit.

— Une chose est pourtant sûre, cette lettre a bien été écrite et a entraîné la mort de Hunt...

« Et a entraîné la mort de Hunt... » Je m'arrêtai, sidérée par les implications de cette phrase. Une idée venait de naître en moi, l'idée d'un piège diabolique dont j'avais été l'instrument et Davis la victime. L'idée d'un meurtre que j'avais commis sans m'en rendre compte.

— Qu'y a-t-il, poupée ?

— Je commence à me demander si tu n'as pas raison, Happy. Cette fameuse lettre a été écrite voilà plusieurs mois, peut-être deux ans, sur une vieille machine que j'ai retrouvée dans un grenier du ranch. Elle a été envoyée la semaine dernière et a eu pour résultat la mort de Davis.

— C'est un coup monté ! s'écria-t-il.

— Cela se pourrait. La police n'abat pas un maître chanteur, elle l'arrête, tandis qu'un homme qui menace la vie d'un enfant...

— Les salauds !

— Ce n'est qu'une hypothèse ; elle expliquerait cependant bien des choses.

Mat m'avait offert dix mille dollars pour abattre l'homme, pour ne pas le livrer à la police. Ne se dénonçait-il pas ainsi comme le coupable, l'instigateur du crime ? Pourtant, il m'avait encouragée à enquêter sur Davis Hunt. Peut-être avait-il été abusé tout comme moi par un criminel astucieux. Je me sentais furieuse, j'ai horreur qu'on se serve de moi, particulièrement pour commettre un meurtre !

— Happy, on retourne chez toi chercher cette adresse et jeter un coup d'œil à ce verre ?

— D'accord, et tu m'as assez fait languir, cette fois on passe une heure au plumard.

— Sinon, tu me casses le nez ?

— Charrie pas, poupée, je l'ai pas fait exprès, et puis cette nana, c'était une fille de rien du tout, toi, tu as de la classe.

Je supposai que je devais m'estimer flattée. Happy sifflota durant tout le trajet du retour ; ce garçon exprimait réellement la joie de vivre. Devais-je lui montrer mon insigne et confisquer les pièces à conviction ou plus simplement l'assommer ? Question stupide, j'avais laissé mon étoile au fond de ma valise, à *Los Dudes*, et je n'avais pas le choix. Cela m'ennuyait pourtant d'avoir à le frapper ; c'était sans doute une brute, mais une brute gentille et gaie, la qualité qui me faisait le plus cruellement défaut. Et puis corriger une petite conne, je l'avais fait plus d'une fois.

Dès la porte de la chambre passée, il m'écrasa contre lui et m'embrassa passionnément. J'essayai de serrer les lèvres, en vain. Je sentis un frémissement me parcourir lorsque sa langue se mêla à la mienne. Il me souleva du sol et se mit à glisser très doucement vers le lit sans cesser de m'embrasser. Si je devais l'assommer, c'était maintenant ; mon sac contenait le P 38 et il me suffisait de lui en donner un coup à la base du crâne. Arrivé près du lit, Happy me reposa par terre et commença à me caresser les seins et le ventre debout, ses doigts glissaient d'abord légèrement puis s'enfonçaient dans mon entrejambes ou pinçaient légèrement mes mamelons. Je levai le sac au-dessus de sa tête mais mon geste resta suspendu, une onde de désir m'avait traversée et je mordis ses lèvres. Il se jeta avec moi sur le lit et me déshabilla fébrilement. Je me laissai faire. Il y avait plusieurs années qu'un homme ne m'avait touchée. Après avoir arraché ses vêtements, il se coucha sur moi et se remit à m'embrasser. J'étais folle de lui céder, cette jeune brute ne saurait m'émouvoir...

L'excitation que j'avais un instant ressentie était déjà retombée. Il dévorait mes seins et je ne sentais qu'un chatouillement plutôt désagréable alors que la bouche d'une femme aurait allumé un brasier en moi. Pourtant, je ressentais une certaine tendresse pour lui et j'essayais, maladroitement, de lui rendre ses caresses. Il n'en avait pas besoin d'ailleurs, et son érection était aussi énorme que celle de ce matin, ce garçon était un véritable étalon. Il semblait maître de lui et peu pressé de conclure. Bien des femmes m'ont confié que la plupart des mâles n'existent plus au moment même où elles commencent seulement à s'éveiller au plaisir. Happy me gardait contre lui et me caressait doucement ; s'il était assez patient, je finirais peut-être par le rejoindre. Je fermai les yeux et m'abandonnai, je le sentis s'asseoir entre mes jambes ; sa langue partit de mon nombril et traça une route sinueuse jusqu'à mon sexe dans lequel elle s'attarda. Je crois qu'il faisait minette aussi bien qu'une femme ; je m'ouvris à lui et gémis de plaisir mais la douleur me submergea lorsqu'il me pénétra. Quelle chose atroce !

Néanmoins, lorsque Happy s'affaissa contre moi, vidé de sa force virile, je ne regrettai rien. J'avais appris quelque chose sur moi-même, je pouvais encore supporter le contact d'un mâle, sans espoir toutefois de parvenir à l'orgasme avec lui. La façon de faire l'amour d'une femme est tellement plus douce et plus subtile !

— Alors, poupée, ça t'a plu ? me demanda-t-il au bout d'un moment.

— Ce n'est pas une question à poser à une dame, Happy. Et puis, appelle-moi Carol, s'il te plaît, je déteste ce surnom de poupée, c'est tellement vulgaire.

— D'accord, poupée, j'essaierai.

— Hum ! ça n'a pas l'air très concluant. Montre-moi la boîte, maintenant.

— Tu ne préfères pas recommencer ?

— Encore ! Pas question ! La boîte et l'adresse du copain de Davis, il y a un temps pour tout.

Il maugréa un peu, m'embrassa la pointe des seins puis consentit à se lever. J'en profitai pour me glisser jusqu'à l'espèce de douche primitive que j'avais aperçue près du lavabo. Quand je revins, il avait ouvert une boîte de fer illustrée de personnages de Walt Disney. Elle contenait un verre ordinaire maculé de traces de doigts. Je l'examinai soigneusement sans le toucher, puis refermai la boîte.

— Je ferai rechercher à qui appartiennent ces empreintes par mon ancien mari, dis-je. Si je suis gentille avec lui, il ne me le refusera pas.

— Les femmes, vous savez y faire, dit Happy en

soupirant. Tiens, voilà ce que j'avais noté, ajouta-t-il en me tendant un bout de papier.

Je lus : *Joe Nudgett, académie de billard, 123, Rosewood Avenue, Inglewood.*

— Tu connais ? lui demandai-je.

— Oui, c'est près de l'aéroport international. C'est une sorte de ghetto noir, tu sais, tu ferais peut-être mieux de m'attendre ici.

— Si tu crois ça, mon petit Happy, tu te trompes sérieusement sur mon compte. Nous y allons tous les deux. Et maintenant, tourne-toi, je n'aime pas qu'on me regarde en train de m'habiller.

10

Je descendis le Pasadena Freeway jusqu'à Inglewood. Ce quartier de Los Angeles était devenu vraiment noir ; je supposai qu'après les grandes émeutes raciales de Watts, survenues il y a une quinzaine d'années, beaucoup de familles avaient émigré ici. Je me souvenais d'avoir traversé Inglewood, en 1968, alors que je m'apprêtais à m'embarquer pour le Viêt-nam à La Jolla, et il n'y avait pas tant de nègres, me semblait-il. Le mot Viêt-nam déclencha aussitôt une série d'associations d'idées.

— Alors, ce billard ? demandai-je à Happy pour détourner mes pensées du tour dangereux qu'elles avaient pris.

— On arrive. Gare-toi devant la porte, tant pis si on attrape une amende, mieux vaut garder un coup d'œil sur la voiture. J'ai un copain, on lui a piqué ses quatre pneus le temps qu'il achète un paquet de cigarettes.

J'aperçus bientôt l'académie de billard et m'arrêtai.

— D'accord, tu y vas seul, Happy.

Il ressortit au bout de cinq minutes et remonta dans la Cadillac.

— Tout est O.K., dit-il. J'étais déjà venu ici avec Davis et le type de la réception m'a reconnu. Il m'a donné l'adresse de Joe, au 45, 93e Rue, c'est tout près.

— On y va.

Le petit immeuble qu'habitait Joe Nudgett était délabré. L'escalier d'incendie extérieur était si rouillé que je me demandai s'il était encore possible de l'utiliser.

Une horde de gamins dépenaillés s'approcha de nous et fit cercle autour de la voiture. Happy esquissa un geste pour les chasser.

— Attends, lui dis-je.

Je repérai celui qui paraissait être le chef de la bande et lui fis signe.

— Veux-tu gagner dix dollars ? lui demandai-je.

Le gamin, sans répondre, tendit la main. Je pris un billet dans mon sac et, le déchirant en deux, je lui en donnai une moitié.

— Surveille la voiture ; si elle a encore ses quatre roues avec leurs enjoliveurs à notre retour, je te donnerai l'autre moitié. D'accord ?

— C'est d'ac, m'am. On va veiller, c'est plein de voleurs ici, vous savez.

Toi le premier, pensai-je tout en rejoignant Happy qui examinait les boîtes aux lettres dans l'entrée de l'immeuble.

— Il habite en haut, au troisième, me dit-il.

— Allons-y.

Ce ne fut pas Nudgett mais un autre Noir qui nous ouvrit. Il resta dans la porte, bloquant l'entrée, et cria :

— Un Blanc nommé Happy veut te voir, Joe, je le laisse entrer ?

— Il est seul ? demanda une voix du fond de l'appartement.

— Non, il y a une nana avec lui.

— Ça va, laisse passer.

Le Noir nous précéda le long d'un couloir obscur jusqu'à la pièce où se tenait Joe Nudgett. Il était assis par terre, en tailleur, et faisait tinter des dés dans un cornet. Les deux hommes devaient être en train de jouer au poker au moment de notre arrivée. L'appartement était encore plus crasseux que celui que partageaient Happy et Davis Hunt, ce que j'aurais difficilement cru possible. Trois images de la Vierge venaient décorer de façon assez inattendue les murs lépreux de la chambre.

— Que veux-tu, mec ? demanda Joe.

Son ton n'avait rien d'encourageant, il était même franchement hostile.

— C'est rapport à Davis, tu sais ce qu'il lui est arrivé ?

— Non, et je m'en branle. Ce fils de pute m'a assez emmerdé comme ça.

Happy resta décontenancé par cette réponse. Un silence pesant s'établit.

— Si tu veux me vendre ta gonzesse, ça peut m'intéresser ; j'aime les Blanches avec de gros nichons, reprit enfin Joe.

— Ne dis pas de conneries. Je croyais que tu étais le copain de Davis et j'étais venu te dire qu'il s'était fait descendre par les flics.

— Bien fait pour sa gueule ! répondit le Noir qui

parut quand même surpris. J'ai été son pote, c'est vrai, mais cette ordure a voulu me doubler.

— Comment cela ?

— Il était sur une affaire juteuse à laquelle il avait promis de m'associer et le salaud m'a laissé tomber ; je lui aurais bien pété la gueule s'il m'était tombé sous la main.

— Si tu veux parler de son truc à San Bernardino, il n'a rien voulu me dire, à moi non plus. Ça ne prouve pas qu'il nous aurait laissés tomber après, il était régulier.

— Tu parles ! Il se serait tiré avec le fric, vite fait. Un beau salaud, voilà ce que c'était, Davis.

Pour bien marquer son dégoût, Joe Nudgett cracha par terre.

— De toute façon, maintenant qu'il est mort, ça n'a plus d'importance, observa Happy, philosophe. Carol, que voici, connaissait également Davis, il nous a un peu parlé de cette affaire qu'il projetait à San Bernardino. Les flics lui ont tendu un piège et il s'est fait descendre ; peut-être qu'en mettant tout ce que nous savons en commun nous pourrions reprendre ça à notre compte.

Un large sourire apparut sur le visage jusque-là hostile de Joe. Il se leva et vint se planter devant Happy.

— C'est une bonne idée, ça, petit gars. Tu nous dis ce que tu sais et nous nous occupons de tout.

— Qui ça, nous ? demanda Happy, sentant que quelque chose ne tournait pas rond.

— Mais mon copain et moi, ballot !

En même temps qu'il parlait, Joe, toujours souriant, frappa Happy d'une droite sèche à l'estomac. Le jeune homme se plia en deux mais ne tomba pas, il était solide. Joe lui empoigna les cheveux pour lui relever la tête et lui donna un uppercut à la pointe du menton. Happy alla rouler jusqu'au mur, sonné. Joe lui laissa deux minutes pour reprendre ses esprits. Happy se mit péniblement à genoux, les mains comprimant son estomac ; il semblait assez mal en point.

— Ecoute, pauvre mec, tu nous racontes tout bien gentiment, sinon on te sonne et on s'amuse avec ta nana pendant que tu fais de beaux rêves. Tu sais, les Blanches, moi, ça m'excite.

— Salaud !

Joe lança un méchant coup de pied en direction du menton de Happy qu'il croyait encore groggy. En fait, il avait récupéré plus vite que je ne l'aurais cru. Il attrapa au vol le pied du Noir et tira dessus ; Joe tomba lourdement en arrière. Happy fut debout d'un bond et se jeta sur l'autre Noir, à coups de poing, de pied et de dents. Une force de la nature, ce garçon, j'admirais en connaisseuse. Il aurait anéanti son adversaire si Joe Nudgett ne s'était relevé et n'avait frappé Happy à la nuque. J'aurais pu l'en empêcher mais le spectacle m'amusait, j'aime regarder les gens se battre et, après tout, Happy ne m'était rien. Il partit à reculons en chancelant, Joe en profita pour le frapper une nouvelle fois à l'estomac, cette fois le jeune homme tomba pour le compte.

— Aide-moi, Whitey, ce con était plus costaud que je ne l'aurais cru, dit Joe à son compère qui avait du mal à reprendre sa respiration.

A eux deux, ils tirèrent le corps de Happy jusqu'au radiateur et ils lui attachèrent les poignets à la tuyauterie avec du fil électrique. Whitey, toujours essoufflé, alla chercher une cuvette pleine d'eau pour la jeter à la figure du garçon. Happy mit quelques minutes à reprendre ses esprits ; il grimaça de douleur.

— Ecoute, ballot, lui dit Joe, maintenant, on va se

farcir la fille devant toi et ensuite on s'occupera de toi.

— Si tu la touches, je jure que je te tuerai !

Joe s'esclaffa.

— Tu n'es en état de tuer personne, pauvre mec, alors je te conseille de la boucler. Si le spectacle te gêne, on peut te bander les yeux.

— Joe, arrête, laisse-la et je te dirai tout ce que je sais, implora Happy.

J'étais touchée de la façon dont ce garçon prenait soin de ma vertu ; cela faisait bien des années qu'un homme n'avait essayé de me protéger ! Je me retins de rire afin de ne pas gâcher l'intensité dramatique de la situation.

— T'en fais pas, tu me diras tout de toute façon, alors maintenant, ferme-la ou je te bâillonne, conclut Joe.

Puis il ajouta à l'adresse de Whitey :

— Fous la nénette à poil et conduis-la dans la chambre, puisque monsieur a des pudeurs de jeune fille.

Whitey s'approcha de moi. Je me reculai légèrement en me tournant de côté comme si j'avais peur de lui. Joe ricana. Une fois Whitey à bonne distance, mon coude gauche partit très sèchement et vint le frapper entre deux côtes, exactement à la hauteur du cœur. Je ne regardai même pas s'il tombait et fis trois pas en direction de Joe qui avait assisté à la scène sans réaliser ce qui s'était passé. Mon coup de genou au bas-ventre le plia en deux, un atemi à la base du crâne l'acheva. Happy m'observait, les yeux exorbités par la surprise. A ce moment-là seulement, je jetai un coup d'œil à Whitey ; il était étendu bien gentiment par terre et ne bougeait plus.

— Environ cinq secondes pour les deux, dis-je à Happy, j'ai un peu perdu la main.

Je m'agenouillai près de lui et le détachai. Il me considérait, complètement ahuri.

— Aide-moi, lui dis-je, ils vont prendre ta place.

— Comment as-tu fait ? finit-il par dire tout en se relevant, les mains crispées sur son estomac douloureux.

— Je vais t'expliquer. D'abord, traînons-les. Ils sont trop lourds pour une faible femme comme moi.

— Faible !

C'était pourtant vrai, ils étaient très lourds, et les adosser au radiateur fut plus pénible que de les expédier au pays des songes. Enfin, avec l'aide de Happy, j'y parvins. J'avais repéré la bobine de fil électrique et je leur ficelai solidement pieds et mains. Du travail soigné, ils ne pourraient se délivrer sans aide extérieure.

Happy se laissa tomber sur une chaise, épuisé. J'allai lui chercher un verre de gin à la cuisine.

— Vois-tu, Happy, j'ai fait partie d'un service spécial et j'ai subi un entraînement très poussé. Par exemple, tu as vu Joe se lever, venir à toi, et tu ne t'es pas méfié. Moi, rien qu'à la façon dont il s'était placé devant toi, j'ai su qu'il allait te frapper. Si j'avais été à ta place, je lui aurais aussitôt porté une fourchette aux yeux ou un atemi à la gorge.

— Avant qu'il m'ait attaqué ?

— Bien entendu, tout le secret est là, il ne faut pas se battre comme tu l'as fait. Il faut porter un coup, au maximum deux, à quelques endroits très précis du corps et mettre son adversaire hors de combat. Le crochet que tu as reçu à l'estomac m'aurait mise K.-O., mais moi, je ne l'aurais jamais reçu.

— Eh bien, on peut dire que tu es une spécialiste ! Tu aurais tout de même pu les empêcher de me casser la figure, j'ai pas mal dégusté, tu sais.

— Allons, tu n'aurais pas aimé qu'une femme se

batte à ta place, avoue-le. Ah ! voilà notre ami Joe qui commence à bouger. Attends-moi, je reviens.

J'avais repéré un rasoir qui traînait sur une étagère à la cuisine en allant chercher de l'alcool pour Happy. Je le glissai dans la poche arrière de mon jean. A mon retour, Joe Nudgett tentait de s'ébrouer, il ouvrit les yeux et se rendit compte qu'il était attaché. En même temps, la douleur à son bas-ventre resurgit, et il grimaça.

— Vous ne vous en tirerez pas comme ça, me dit-il haineusement. Il suffit que je crie, et tous les gars de l'immeuble vont rappliquer.

Mon coup de pied le cueillit sous l'arête du nez et sa tête alla violemment cogner contre le radiateur. Un abondant saignement de nez s'ensuivit. Je m'accroupis en face de lui et le regardai dans les yeux.

— Mon petit Joe, tu n'as plus affaire au gentil Happy, mais à moi. Au plus petit cri, je te tranche la gorge, est-ce clair ?

Pour donner plus de force à mon propos, je sortis le rasoir et en dépliai la lame. Sa vue eut le don de calmer Joe.

— Maintenant, tu vas nous dire ce que tu sais sur les projets de Davis.

— J'peux pas parler, gémit-il, ça pisse le sang.

— C'est vrai, son nez saigne beaucoup, intervint Happy qui était un tendre, je vais aller chercher une serviette humide.

— Bouge pas, lui dis-je.

De la main gauche, je giflai Joe à toute volée. Cette fois son arcade sourcilière alla porter contre le tuyau du radiateur et éclata.

— J'attends, Joe, dis-je sans élever la voix.

Il me jeta un regard aussi impuissant que haineux.

— Va te faire foutre, pute blanche !

— C'est vrai, Joe, je suis blanche et toi tu es noir. Malheureusement pour toi, il se trouve que je n'aime pas beaucoup les Noirs, ni les Jaunes, ni les Rouges, ni les juifs, et pour tout dire, je n'aime pas beaucoup les Blancs non plus. Mais toi, avec ta sale tête de nègre barbouillée de sang, je te déteste tout particulièrement, Joe, tu comprends ? Ou plutôt tu ne comprends pas, mais je vais te faire comprendre.

D'un léger coup de rasoir je fendis son pantalon là où ses parties gonflaient le jean serré. J'appuyai la lame sur ses testicules. Il me regarda faire, les yeux exorbités par la peur.

— Tu voulais me violer tout à l'heure, Joe. Si tu ne me dis pas ce que je veux savoir immédiatement, tu ne violeras jamais plus personne.

J'appuyai un peu plus sur le rasoir et une goutte de sang jaillit. Joe poussa un cri suraigu et se tortilla dans tous les sens.

— Arrêtez, je vais parler ! cria-t-il.

Je relâchai un peu la pression.

— Essuie-le, maintenant, dis-je à Happy.

Il alla chercher une serviette, la mouilla au lavabo et revint la passer sur le visage du Noir qui ruisselait de sueur et de sang. Whitey s'était réveillé depuis quelques minutes, il observait la scène, terrorisé, et cherchait surtout à se faire oublier.

— Je ne sais pas grand-chose, finit par dire Joe. Davis a toujours été un type assez secret. A l'époque, le Mexicain nous avait déjà laissé tomber, mais nous travaillions encore sur les champs de courses. Un week-end, il est allé chez sa femme à Riverside et il a passé une journée à San Bernardino ; je n'ai jamais su exactement pourquoi. Le lendemain, à son retour, je l'entends encore me dire : « Mon vieux, j'ai vu quelque chose d'incroyable ; il y a sûrement du pognon à gagner. » Vous pensez bien que j'ai essayé d'en savoir plus, en vain, le salaud a refusé de me mettre au parfum.

— Il voulait faire chanter quelqu'un ?

— Ah ! oui, ça, c'était clair, il m'a dit qu'on le paierait pour qu'il ne révèle pas ce qu'il avait vu. Mais quoi ? Une fois, une seule, il a fait allusion à une fille qu'il avait connue il y a des années et qui était mêlée à cette histoire d'une façon ou d'une autre.

Il marqua un temps d'arrêt et Happy épongea de nouveau son visage.

— C'était elle qu'il voulait faire chanter ?

— Aucune idée. Vingt fois, je l'ai interrogé ; il répondait toujours que j'aurais ma part sans rien dire de plus. Je sais qu'il était entré en contact avec quelqu'un là-bas et il s'apprêtait à palper lorsqu'il s'est fait piquer.

— Sais-tu s'il écrivait ou téléphonait à son correspondant ?

— J'sais pas. Il bigophonait sûrement, c'est trop dangereux d'écrire dans un tel cas.

— Je ne vois rien de bien précis, Joe, dans tout ce que tu nous racontes, dis-je, menaçante. Je suis sûre que tu sais autre chose.

— Je vous jure que non, Miss. Si vous connaissiez Davis, vous savez qu'il ne se confiait jamais. Peut-être sa mère... oui, il me semble que sa mère avait connu la femme en question. Vous pourriez lui demander.

— Où habite-t-elle ?

— A Riverside, dans une petite rue nommée Gertrude Street ; c'est tout près d'une grande école pour sourds-muets. Je ne connais pas le numéro de la maison mais Mrs Hunt doit être connue, elle vit là depuis des années.

— Tout à l'heure, n'as-tu pas dit que Davis avait une épouse ?

— Oui, Sue Ann, elle habitait Riverside aussi, mais ils ont divorcé et je ne sais pas ce qu'elle est devenue.

— Bon, admettons. Ecoute, Joe, dis-je d'un ton ferme, si tu m'as menti, tu auras gagné un aller simple pour le cimetière. Tu m'as bien comprise ?

— Oui, Miss, je vous ai dit tout ce que je savais, c'est la vérité, je le jure par la Vierge !

Voilà qui expliquait les gravures mariales des murs. Qui aurait imaginé cette dévotion chez une telle canaille ? Je refermai le rasoir que je tenais toujours à la main et le lançai au fond de la pièce, puis je pris les deux hommes par les cheveux et heurtai violemment leurs crânes. Immédiatement, ils repartirent au pays des songes.

— Comme ça, nous aurons le temps de nous éloigner tranquillement, dis-je à Happy. Allez, viens.

En bas, les gamins montaient toujours la garde autour de la Cadillac. Je tendis l'autre moitié du billet au chef de la bande et démarrai.

— Je te dépose chez toi, Happy. Je passerai te chercher demain matin avant de prendre la route de Riverside.

— Tu ne veux pas rester cette nuit avec moi ? demanda-t-il presque timidement.

— J'ai autre chose à faire, et puis cette bagarre t'a secoué, il faut te reposer.

— Pourtant, tu étais d'accord tout à l'heure. Je me rends compte maintenant que tu aurais pu m'assommer d'une seule main. C'est donc que je te plais un peu ?

— Les femmes sont changeantes, Happy. Ne cherche pas à comprendre.

— J'ai presque peur de toi, finit-il par avouer. Tu peux être si dure, si cruelle... Moi, je n'aime pas faire souffrir. J'ai l'impression que tu aurais découpé Joe en morceaux sans la moindre hésitation.

— C'est vrai, Happy, je l'aurais fait. Je ne suis pourtant ni cruelle ni sadique, je ne prends pas plaisir à faire souffrir les gens, simplement je suis insensible. Allons, ne t'en fais pas, ajoutai-je, j'essaierai d'être gentille avec toi.

En le déposant, j'effleurai ses lèvres d'un baiser ; il n'osa pas me serrer dans ses bras.

Je pris la direction des collines de Hollywood, la perspective d'un bon bain chez moi me donnait des ailes. Je me sentais souillée d'avoir été pénétrée par un homme. Pour être tout à fait sincère, je crois que j'avais fait payer à Joe Nudgett les privautés que j'avais accordées à Happy.

11

Le lendemain matin, je pris d'abord le chemin du bureau des Homicides pour remettre le verre conservé par Davis Hunt au lieutenant Cairn. Mike me demanda de lui résumer les derniers développements de l'affaire. Je restai le plus possible dans le vague ; moins la police officielle en sait, mieux cela vaut pour tout le monde. J'avais néanmoins besoin de Michael pour déterminer si les empreintes visibles sur le verre figuraient au fichier général. Bien entendu, je ne lui parlai ni de Joe Nudgett ni de mes projets présents. Il se rendit compte que je ne lui disais pas tout, car il prit un ton officiel et faussement sévère pour me dire :

— Carol, vous me faites encore des cachotteries, je le sens. J'aimerais être certain que l'ami de Hunt qui vous a remis ce verre n'a pas subi de sévices de votre part.

Malgré moi, je pouffai de rire. Ce que j'avais fait avec Happy pouvait difficilement être qualifié de sévices ! Mieux valait toutefois ne pas entrer dans ces détails avec Mike, il n'aurait pas apprécié.

— Je vous donne ma parole, Michael, que je n'ai pas usé de violence envers ce garçon, il m'a volontairement remis la pièce à conviction.

C'était la stricte vérité.

— Je lui ai fait croire que j'étais l'épouse divorcée d'un assistant du shérif de San Bernardino, repris-je. Cela expliquait mes accointances avec la police.

— Et voilà, vous ajoutez le mensonge à vos autres défauts, constata Michael en soupirant. Enfin, j'aime mieux ça que si vous l'aviez tué. Bon, je vais faire effectuer la recherche, cela prendra un jour ou deux.

— Merci, Michael, je repasserai peut-être, sinon envoyez-moi le résultat au ranch, et aussi une série de photos des empreintes, cela peut toujours être utile.

Après l'avoir quitté, je remontai jusqu'à Pasadena chercher Happy. Pourquoi m'encombrer de ce garçon qui ne m'était, désormais, plus d'aucune utilité ? Je préférai ne pas chercher à approfondir mes raisons. Il m'attendait tout habillé et me suivit sans me proposer de renouveler nos ébats de la veille. Je ne devais plus ressembler exactement à l'idée qu'il se faisait d'une « poupée ».

Je traversai East Los Angeles jusqu'au *freeway* de Pomona qui conduisait directement à Riverside. La circulation était encore fluide à cette heure de la matinée, malgré les nombreux camions qui encombrent toujours cette autoroute. Une fois franchie la ceinture de L.A., j'atteignis le désert avec joie. J'aime ces étendues désolées dont l'homme semble exclu.

Malheureusement, chaque année de nouveaux lotissements viennent empiéter sur les terres vierges, avec leurs petites maisons, leurs petits jardins et leurs petites gens.

Après avoir traversé Pomona, je quittai le *freeway* à hauteur d'une ville nommée Rubidoux et je descendis sur Riverside.

— Ecoute, Carol, me dit alors Happy qui n'avait pas dit un mot de tout le voyage, je voudrais que tu me promettes une chose. Si cette vieille femme, la mère de Davis, ne veut rien nous dire, tu ne la frapperas pas, nous partirons tout simplement. Je préfère abandonner l'affaire.

J'éclatai de rire.

— C'est pour cela que tu faisais cette tête d'enterrement depuis le départ ? Rassure-toi, je ne chauffe pas les pieds des gens pour les faire parler. Si l'on m'attaque, je peux me montrer impitoyable, jamais autrement.

— Alors, ça marche !

Happy, redevenu heureux, m'embrassa tandis que je conduisais ; heureusement que l'entrée en ville m'avait fait ralentir notre allure. La route que j'avais empruntée un peu au hasard à Rubidoux nous amena devant la mairie de Riverside. Je m'arrêtai et envoyai Happy se renseigner.

— C'est facile, m'annonça-t-il. Tu rejoins tout droit le prochain *freeway* et tu le prends jusqu'à la sortie marquée Arlington Avenue. L'école de sourds-muets est tout à côté et Gertrude Street vient ensuite ; tu ne peux pas te tromper.

Il avait raison. J'arrivai à une petite rue calme composée de maisons basses entourées de jardins. L'automne commençait à donner une teinte rousse aux arbres et déjà quelques feuilles maculaient les pelouses.

— Demande à cet homme, dis-je à Happy en lui désignant un vieux monsieur qui ratissait.

Happy sauta en voltige de la voiture et interpella l'homme par-dessus la grille de son jardin. Mrs Hunt devait être connue car le jeune homme revint aussitôt.

— Septième villa à droite, annonça-t-il.

Je parquai la Cadillac devant une maisonnette de dimensions plus modestes que celles qui l'entouraient. Elle était cependant coquette et on sentait que sa propriétaire devait l'entretenir avec amour. En particulier, son jardin japonais était très réussi et comportait un bonzaï artistiquement tordu. Happy voulut sortir de la voiture, je le retins.

— J'y vais la première, une femme a plus de chances de lui inspirer confiance.

Je poussai la porte de bois du jardin et m'avançai entre les cotonéasters et les pins miniatures. Mrs Hunt avait dû observer notre arrivée derrière ses carreaux, car elle vint m'ouvrir sans que j'aie sonné.

— J'étais une amie de votre fils Davis, Mrs Hunt. Pourrais-je m'entretenir un moment avec vous ?

— Pauvre Davis ! murmura-t-elle. Comment vous appelez-vous, Miss ?

Le ton de la vieille dame était soupçonneux.

— Carol Evans. Davis ne vous avait probablement pas parlé de moi, nous nous connaissions depuis peu. Son ami Happy m'accompagne.

— Ah ! Happy...

Ce nom n'était pas inconnu à Mrs Hunt et il allait se révéler une bien meilleure introduction que ma qualité de femme.

— Dites-lui de venir, reprit-elle, Davis m'avait plusieurs fois parlé de lui dans ses lettres et je suis heureuse de le connaître enfin.

Je fis signe au jeune homme de venir ; à sa grande surprise, Mrs Hunt l'embrassa. Elle nous fit entrer dans une pièce vieillotte et bien astiquée. Elle sortit trois petits verres et une bouteille sans étiquette.

— C'est un apéritif au curaçao que je prépare moi-même, précisa-t-elle ; j'ai peu l'occasion d'en offrir, maintenant que je vis seule. J'ai perdu ma fille aînée d'une méningite alors qu'elle était encore enfant, une si jolie petite. Mon mari est mort il y a six ans ; il a été pris d'un malaise alors qu'il tondait la pelouse derrière la maison. Il est rentré s'allonger et, le temps que j'appelle un médecin, il était mort ; un infarctus, vous savez. Et maintenant Davis... Mourir comme ça ! Comment en était-il arrivé là ?

— C'est ce que nous cherchons à établir, Mrs Hunt, dis-je. Nous avons acquis la quasi-certitude qu'il a été victime d'un coup monté ; en fait, il n'aurait jamais eu l'intention de faire du mal à un gosse.

— Que Dieu vous entende, mon enfant ! s'écria la vieille dame. Ce fut un tel choc pour moi quand un des assistants du shérif est venu me prévenir... Oh ! je ne me faisais pas d'illusions, je savais bien que Davis avait mal tourné, mais de là à vouloir tuer un enfant... Quelle horreur ! Ça m'a plus bouleversée que l'annonce de sa mort.

Elle vida son verre de curaçao d'un trait et se resservit aussitôt. Si elle était bouleversée, elle le cachait bien. Je supposai qu'elle avait fait son deuil de Davis depuis longtemps, même si elle lui gardait une affection lointaine. J'ai connu de vieilles gens comme ça ; seuls leur sort, leur santé les préoccupent encore. Naissances, mariages, morts survenant autour d'eux ne les concernent que de loin ; tout au plus, dans le dernier cas, disent-ils avec une nuance de satisfaction dans la voix : « Ils sont partis avant moi. » Tout ce que je souhaite, c'est d'être tuée avant d'avoir le temps de vieillir.

— Vous pourriez peut-être nous aider, Mrs Hunt, repris-je. Nous cherchons à savoir ce que Davis allait faire à San Bernardino.

— Je le voudrais bien, ma pauvre enfant, mais comment le pourrais-je ? Il ne me disait rien, il ne m'a jamais rien dit. Il survenait ici à l'improviste ; quand il était en fonds, il m'apportait des sucreries ou une liqueur, je suis gourmande, vous savez. (Elle pouffa.) Le plus souvent, il me demandait de lui prêter un peu d'argent ; il ne me le rendait pas, bien sûr. Jamais je n'ai su exactement ce qu'il faisait, cela m'aurait fait de la peine, aussi nous n'en parlions pas, c'était un accord tacite entre nous. Quand il s'est marié avec Sue Ann, j'ai espéré qu'il allait se ranger, prendre un vrai métier et puis non, c'était plus fort que lui, il est reparti.

— J'ai appris seulement hier que Davis avait été marié, dit Happy, il ne m'en avait jamais parlé.

— Ils ont divorcé peu après son arrestation. Cela n'allait déjà plus très bien entre eux et je comprends Sue Ann, qui est une gentille fille. Il la rendait malheureuse.

— Mrs Hunt, je m'excuse d'insister, c'est important, repris-je. Davis vous a-t-il jamais parlé de ce qu'il avait découvert à San Bernardino ?

— Jamais, je vous l'ai dit, c'était convenu entre nous, nous ne parlions pas de ces choses. Davis était un voyou, c'est vrai, mais il respectait sa mère. Quand il était jeune, nous avions fondé de grands espoirs sur lui, son père l'avait envoyé pendant trois ans à l'université de Los Angeles. Hélas ! il a surtout brillé dans l'équipe de base-ball...

— Il n'a pas travaillé ?

— Oh ! il a eu des excuses, vous savez. Il s'était amouraché d'une petite, une des *cheerleaders* qui encourageaient leur équipe, elle s'appelait Dixie, je crois. Enfin, il en était fou. C'était une garce, elle trouvait toujours que la voiture de Davis n'était pas assez neuve, qu'il ne lui payait pas assez de choses, vous voyez le genre. Alors, un jour, on l'a surpris à voler dans les vestiaires et il a été renvoyé. C'est aussi bête que cela.

— Savez-vous par hasard ce qu'est devenue cette fille, Mrs Hunt ? demandai-je, soudain intéressée.

— Elle a laissé tomber Davis pour un autre étudiant qui l'a épousée ; je ne connais pas son nom, mais c'était le fils d'une famille riche. Elle n'était pas folle, la petite.

— Connaissez-vous quelques autres détails sur elle ? Que faisaient ses parents, par exemple ?

— Là, je peux vous répondre. Tom Brown, son père, était garagiste dans la région ; c'était un brave homme et il prêtait des voitures à Davis pour sortir sa fille. Pourquoi vous intéresser à elle, Miss, c'est de l'histoire ancienne, tout ça.

— Sans doute, Mrs Hunt, sans doute, et pourtant... La mère de Billy, l'enfant que votre fils est supposé avoir menacé, s'appelle Dixie. Je ne connais pas son nom de jeune fille, mais je sais que son père était garagiste et qu'elle a épousé un camarade d'université. Je crois même me souvenir qu'elle m'a raconté avoir été une des *pom-pom girls* de l'équipe de base-ball.

— C'est incroyable ! s'exclama la vieille dame. Le fils de Dixie ! Après tant d'années ?

— Je ne sais pas, Mrs Hunt. Avouez qu'il ne peut s'agir d'une coïncidence.

— Vous avez certainement raison, Miss, cela ne peut être qu'elle. Je ne puis croire cependant qu'il lui en voulait encore douze ans après son mariage au point de s'en prendre à son fils. Ça ne ressemble pas à Davis.

— C'est terrible ce que tu as découvert là, Carol ! intervint Happy. Si ce gosse est le fils de l'ancienne petite amie de Davis, c'est bien à lui qu'il en voulait. Maintenant, il n'y a plus de doute, je ne l'aurais jamais cru capable de ça.

— Vous concluez trop vite, leur dis-je. Nous sommes partis de l'hypothèse que Davis ne voulait pas tuer Billy ; que ce dernier soit le fils de Dixie ne change rien à l'affaire. N'oubliez pas que Davis espérait gagner beaucoup d'argent ; or, le meurtre du gosse ne lui aurait pas rapporté un centime. Il s'agissait de tout autre chose que je commence à soupçonner.

— Nous vous écoutons, dit la vieille dame après avoir rempli son verre une troisième fois.

— Nous savons qu'un jour, il y a deux ans, Davis est allé à San Bernardino et que là, par hasard, il a vu quelque chose ou quelqu'un qui lui a donné une idée.

— Quelle sorte d'idée ?

— Celle d'un chantage, j'en ai bien peur, Mrs Hunt, il n'y a pas d'autre possibilité.

— Jusque-là, je suis d'accord, dit Happy. Ensuite ?

— Supposons qu'il ait vu Billy et sa mère. Je dis, *et sa mère,* car sans Dixie il n'aurait pu identifier l'enfant.

— Je te suis toujours, poupée, mais ça ne donne pas un motif de chantage. Cette Dixie avait bien le droit d'avoir eu un marmot avec son mari.

— Avec son mari, oui. Mais suppose que Davis ait su qu'il était le père de l'enfant.

— Quoi ! s'exclama Happy.

— C'est impossible, mon enfant, dit calmement la vieille dame.

— Pourquoi est-ce impossible, Mrs Hunt ?

Sans répondre, elle me demanda :

— Quel est l'âge du petit garçon ?

— Dix ans.

— Alors, c'est bien ce que je pensais, c'est impossible. Davis et Dixie Brown sortaient ensemble il y a treize ans de cela. L'enfant est né deux ans après le mariage, à ce moment-là ils ne se voyaient plus.

— En êtes-vous sûre, Mrs Hunt ?

— Mon Dieu... eh bien, je pense que Davis me l'aurait dit ; à l'époque, il se confiait davantage à moi.

— Vous le pensez, vous n'en êtes pas certaine. Maintenant, je vais vous apprendre autre chose. John Spencer, le mari de Dixie, a abandonné sa femme au cours de sa grossesse. On prétend qu'il est parti à la suite d'une dispute avec son père. Supposons plutôt qu'il ait découvert que l'enfant que portait Dixie n'était pas de lui, mais de votre fils ; voilà qui expliquerait mieux son départ. S'il s'était seulement disputé avec son père, pourquoi n'aurait-il pas emmené avec lui sa jeune femme enceinte ?

— Si ce que vous dites est vrai, il aurait pu chasser Dixie, objecta Mrs Hunt.

— On me l'a décrit comme un garçon d'honneur, il aura préféré partir plutôt que salir le nom qu'il lui avait donné. De plus, sa mésentente avec son père était réelle, et Mat désirait tellement avoir un héritier...

Happy et la vieille dame restèrent un moment silencieux, ils examinaient mon interprétation des faits. Seul le chant d'un serin à l'étage supérieur venait troubler la quiétude de cette petite rue.

— Ça se tient, ton truc, poupée, finit par admettre

Happy. Davis voit Billy, reconnaît en lui son fils, bon. Alors, que fait-il ?

— Il fait chanter Dixie, naturellement. Si elle refuse de payer, il révélera que l'héritier de *Los Dudes* n'est qu'un bâtard — il y a de quoi rendre Mat Spencer fou de rage, vous pouvez me croire sur parole. Dixie accepte donc de payer, mais Davis est alors arrêté pour une tout autre affaire et retiré de la circulation pendant deux ans. Dixie se croit tranquille et puis, une fois libéré, Davis reprend son chantage qui reste valable aujourd'hui aussi bien qu'à l'époque. Etes-vous d'accord ?

— C'est triste de devoir dire cela de son propre fils, Miss, mais il aurait parfaitement été capable d'agir comme vous le dites. Il est très possible que vous ayez raison, reconnut Mrs Hunt ; toutefois, comment expliquez-vous cette lettre de menaces dont les journaux ont parlé ? Il n'avait aucune raison de l'envoyer.

— Aussi ne l'a-t-il pas fait.

Je jouis un instant de la surprise provoquée chez mon interlocutrice.

— J'ai retrouvé au ranch la machine qui a servi à taper cette lettre. Elle se trouvait remisée dans un débarras, recouverte de poussière au point que j'ai failli la négliger ; or, c'est bien la même, les *t* sont identiquement tordus. A mon avis, Dixie a écrit la lettre il y a deux ans ; elle avait l'intention de l'envoyer après avoir fixé un rendez-vous secret à Davis, sous prétexte de lui remettre de l'argent. Il ne restait plus qu'à le faire abattre par la police, ou par Mat Spencer qui croirait de bonne foi la vie de l'enfant menacée.

— Génial, poupée, tu as tout compris !

— Mais alors, cette femme est une meurtrière ! s'indigna Mrs Hunt, désormais convaincue.

— Pour l'instant, tout ceci n'est qu'une hypothèse, et je ne puis malheureusement rien prouver. Personne ne se souviendra des allées et venues de Dixie il y a deux ans, il ne faut pas y compter. Cette coupure dans l'affaire a contribué à tout embrouiller. Cependant, si j'acquiers la certitude de la culpabilité de Dixie, Mrs Hunt, soyez sûre que votre fils sera vengé.

— Je vous remercie, Miss Evans, je compte sur vous. Depuis son adolescence, cette fille aura été son mauvais ange.

Happy nous fit sursauter en faisant brusquement claquer ses doigts.

— J'y pense, poupée ! Que fais-tu des empreintes sur le verre ? Elles n'entrent pas dans ton explication.

Là, il me posait une colle. J'avoue que, dans mon enthousiasme, j'avais complètement oublié le verre.

— Tu as raison, je n'y pensais plus. Je suppose qu'il s'agit des empreintes de Billy, ce sera facile à vérifier. J'avoue que je ne vois pas très bien ce que Davis comptait en faire.

— Tu trouveras sûrement une explication, me dit Happy, désormais plein de confiance.

— Que comptez-vous faire maintenant ? me demanda Mrs Hunt.

— Je vais retourner à San Bernardino pour savoir où en est l'enquête ; mon ancien mari est shérif adjoint, lui expliquai-je. Il y aura beaucoup de vérifications à effectuer avant d'être sûr de la culpabilité de Dixie. Incidemment, avez-vous l'adresse de la femme qu'avait épousée votre fils ? Je ne pense pas que cela nous soit d'une utilité quelconque, toutefois on ne sait jamais.

— Bien sûr, elle vit toujours ici, depuis son remariage. Elle s'appelle Sue Ann Marston et son adresse est 223, Brockton Avenue, c'est près de la mairie, au pied du mont Rubidoux.

Je notai et pris congé de Mrs Hunt en lui promettant de la tenir au courant.

Happy me regardait d'un drôle d'air tandis que nous remontions dans la voiture.

— Qu'est-ce que tu as ?

— Je me demande où tu veux en venir exactement, Carol. Reprendre l'affaire de chantage à notre compte, venger Davis ou autre chose ?

— Tu tiens vraiment à le savoir ?

— Non, pas tellement, c'est toi, le patron.

— Bon, on en reparlera ; pour l'instant, trouvons un motel.

— Ah ! chic, on baise !

— Non, ce sera pour toi seul, moi je vais au ranch et tu es un peu trop voyant pour m'accompagner. Je te rejoindrai demain, dès que je pourrai.

— C'est promis ?

— C'est juré.

12

A San Bernardino, je m'arrêtai au bureau du shérif. Blatney était absent ; un de ses adjoints me dit que l'enquête était au point mort. Seul élément nouveau, un témoin avait vu Hunt pénétrer seul sur les terres du ranch le jour de sa mort. Ce témoin, un travailleur mexicain, ne portait pas de montre et n'avait pu fixer l'heure avec précision, un peu après midi, avait-il dit. C'était tout. Je me dis que le shérif n'avait pas dû faire d'excès de zèle ! Son adjoint me proposa une photo du mort prise par les services du coroner. Je la pris, cela pourrait toujours servir. Puis je laissai le bureau du shérif à sa torpeur et pris la route de *Los Dudes*.

Tout était tranquille là-bas, écrasé par la chaleur de la mi-journée. A mon arrivée, Miguel donnait des ordres à quelques péons devant la porte de l'hacienda. Il m'apprit que Billy était parti depuis l'aube avec son grand-père et que je trouverais Liz et Dixie dans le living. La façon dont il détailla ma silhouette me donna à penser qu'il n'avait pas fini de m'importuner. J'avais eu mon heure de faiblesse avec Happy, ce macho n'avait pas intérêt à m'ennuyer, je le casserais en deux !

Les deux femmes parurent contentes de me revoir ; Dixie n'était pas ivre et jouait au jacquet avec Lizbeth. Toutes deux m'embrassèrent comme si j'avais fait partie de la famille, j'eus presque honte de troubler leur quiétude. Surtout celle de Dixie. Je m'assis auprès d'elles et les regardai sans rien dire.

Liz m'examina avec une curiosité un peu inquiète, elle sentait que j'avais du nouveau. Au bout de cinq minutes, elle ne put continuer à jouer et me demanda :

— As-tu découvert quelque chose, Carol ?

— Oui, répondis-je simplement.

— Tu ne veux pas nous le dire ?

— Bah ! si elle fait des mystères, laisse-la ; elle finira bien par s'expliquer, déclara Dixie avec indifférence.

Je tournai légèrement ma chaise de façon à pouvoir la regarder dans les yeux.

— J'ai fait une plongée dans la vie de Davis Hunt, dis-je avec une certaine emphase.

Je m'attendais à voir Dixie, sinon sauter au plafond, du moins manifester un certain trouble, pâlir, se crisper, enfin quelque chose, quoi ! Mais rien ; pour un bide, ce fut un bide. Elle me regarda avec une surprise non feinte, ce nom ne lui disait manifestement rien. Je me tournai vers Lizbeth qui semblait tout aussi étonnée.

— Il s'agit de l'homme que j'ai abattu l'autre jour, précisai-je.

— Oh ! un homme mort n'a plus aucun intérêt, dit Dixie, sauf peut-être les pendus. Encore que je ne voie pas très bien comment aller grimper là-haut.

J'étais déconcertée et un peu furieuse. Je me levai, saisis Lizbeth par la taille et la soulevai de son fauteuil.

— Bon, puisque les histoires de morts t'ennuient, Dixie, je vais en parler avec Liz.

— Ah ! ah ! on devient cachottière... J'm'en fous, je commençais à avoir soif, hier soir Mat m'a piqué la bouteille que j'avais planquée dans ma chambre.

— Il vaudrait peut-être mieux que je reste avec elle, suggéra Liz.

— Non, nous n'en avons pas pour longtemps, viens.

Je l'entraînai jusqu'à ma chambre. Elle était à nouveau inquiète, mal à l'aise, je pense qu'elle redoutait ce que je pourrais être amenée à découvrir sur un membre de sa famille. Je la fis asseoir sur le lit, près de moi, et gardai mon bras passé autour de sa taille.

— Ecoute, petite Liz, tu es la seule en qui je puisse avoir confiance ici. J'ai découvert plusieurs choses assez graves.

Je marquai une pause, elle me regardait, les yeux dévorés d'angoisse.

— Sais-tu pourquoi je vous ai lancé le nom de Davis Hunt ?

— Non, peut-être l'as-tu déjà prononcé, ou bien

le shérif lorsqu'il est venu voir Mat ; j'avoue que je n'y ai pas fait attention.

— C'est normal et je ne parlais pas pour toi. En revanche, Dixie aurait dû le reconnaître, ce garçon était son amant à l'université lorsqu'elle s'est fiancée avec John.

— Ce n'est pas possible !

— Malheureusement si, Lizzy. Tu étais trop jeune à l'époque pour te souvenir de ce détail ; d'ailleurs, vous n'avez peut-être jamais entendu parler de lui. Dixie l'a quitté dès qu'elle a compris que John était un bien meilleur parti. Elle est supposée ne plus l'avoir revu depuis.

— Tu as l'air d'en douter.

— Reprenons les faits tels qu'ils semblent se présenter et dis-moi s'ils te paraissent logiques. Abandonné par Dixie, il y a bientôt treize ans, Davis Hunt cherche à se venger aujourd'hui sur son fils. Qu'en penses-tu ?

— Pourquoi aurait-il attendu si longtemps ?

— Exactement. Cela ne tient pas debout. De plus, Hunt avait un copain qui m'a appris autre chose. Dans le projet de l'ancien petit ami de Dixie, il n'a jamais été question de tuer un enfant mais de faire chanter quelqu'un.

— C'est impossible ; souviens-toi de la lettre de menaces, on y parlait de faire disparaître Billy.

— Je vais te faire part de mes découvertes à ce sujet, Liz. Je veux que tu me jures de n'en parler à personne au ranch. Je dis bien à personne.

— C'est juré, Carol.

Sa voix tremblait un peu, je passai doucement ma main dans ses cheveux pour la calmer, puis je la saisis par la main et je me levai. Je pris la photocopie de la lettre, une feuille de papier blanc et une loupe. Lizbeth me regardait faire, étonnée.

— Viens, lui dis-je.

Dixie nous vit redescendre et nous diriger du côté de la piscine, elle ne fit pas un geste pour tenter de se joindre à nous. Je conduisis Liz dans la grange que m'avait fait découvrir Billy. La jeune fille paraissait de plus en plus surprise, elle ne comprenait visiblement pas où je voulais en venir. Je grimpai à l'échelle du grenier à foin et me dirigeai vers la remise du fond. La machine était là, qui nous attendait.

— Voilà, dis-je en désignant l'objet.

— Voilà quoi ? demanda Lizbeth qui ne comprenait toujours pas.

— C'est sur cette machine qu'a été tapée la lettre de menaces.

— Tu es folle ! C'est impossible.

— Tu vas voir.

J'insérai la feuille que j'avais apportée dans la machine et plaçai à côté la photocopie.

— Recopie ce texte, s'il te plaît, demandai-je à Liz.

Elle haussa les épaules comme si je lui faisais commettre une absurdité mais elle s'exécuta. Elle tapait très vite, avec tous les doigts, en bonne dactylographe expérimentée. En une minute, elle eut fini. Je pris les deux feuilles et m'approchai de l'unique fenêtre de la petite pièce. Un carreau manquait et donnait du jour, les autres avaient été rendus opaques par la poussière et les toiles d'araignée. Avec la loupe, je montrai à la jeune fille l'identité des caractères, en particulier les *t* tordus.

— C'est affreux, dit-elle dans un murmure, puis elle éclata en sanglots.

Je la pris dans mes bras et la serrai contre moi tout en lui caressant légèrement le visage.

— Il ne faut pas prendre cela au tragique, petite

Liz, ce n'est pas si grave. Aucune des personnes que tu aimes n'est en jeu.

— Qui alors ? demanda-t-elle entre deux sanglots.

— Dixie, très probablement.

— C'est idiot, elle a le vertige et est incapable de monter à une échelle. Et puis, elle ne sait pas taper à la machine...

— N'importe qui peut taper avec un ou deux doigts. Regarde ta frappe, elle est très régulière parce que tu as suivi des cours de dactylographie ; il n'en est pas de même dans la lettre originale, certaines lettres sont frappées trop fort, d'autres sont à peine lisibles. Une chose est sûre, ce n'est pas toi qui l'as écrite.

— Tu me soupçonnais ?

— Bien sûr que non, ma chérie !

Je l'embrassai sur la joue. Puis je repris :

— Maintenant que tu es calmée, je vais te montrer autre chose.

— Quoi encore ?

— Regarde bien la poussière qui recouvre la machine. Il y en avait autant sur les touches la première fois où je l'ai vue. En fait, elle n'a pas été utilisée depuis plusieurs mois ou plutôt deux ans.

— C'est de la folie ! Cette lettre a été reçue par Mat il y a quelques jours à peine, j'en suis sûre. C'est moi qui ouvre le courrier chaque matin, c'est moi qui ai tiré la lettre de son enveloppe ; or, tu viens de me démontrer qu'elle a été tapée sur cette machine et maintenant tu prétends...

— Que cette lettre a été écrite voilà deux ans, oui, c'est ce que je prétends.

— Tu es folle !

Lizbeth secouait la tête de droite à gauche dans un lent mouvement de dénégation. Tout cela la dépassait.

— Redescendons, je vais t'expliquer.

Dixie ne releva pas la tête lors de notre second passage dans le living, elle s'était plongée dans la lecture d'un magazine style *True Confessions*. Liz me suivit jusqu'à ma chambre, la mine sombre ; elle ruminait tout ce que je venais de lui apprendre. Je la fis s'asseoir dans un fauteuil profond et j'allai lui préparer un cocktail dans le bureau de Mat. Elle le but lentement tandis que je lui retraçais les grandes lignes de la vie de Davis Hunt et sa première tentative de chantage, interrompue par son arrestation.

— Voilà ce qui te rend si sûre que la lettre a été écrite il y a deux ans ? me demanda-t-elle.

— Pour l'instant, c'est une hypothèse. Je fais analyser le vieillissement de l'encre par le laboratoire de Santa Anna. Nous aurons alors une certitude.

— Bon, admettons que tu aies raison, Carol. Pourquoi cette lettre ? Je ne comprends pas.

— Parce que tu es une gentille fille sans problème. Ces quelques lignes équivalent à une condamnation à mort. Elles étaient destinées à persuader Mat et le shérif que Davis Hunt en voulait à la vie de Billy, et à le faire abattre. Moi-même, j'ai cru protéger un enfant alors que j'étais l'instrument d'un meurtre. Comprends-tu, maintenant ?

— C'est affreux ! gémit-elle. Ce n'est pas possible ! Je ne peux pas y croire. Regarde Dixie, elle est tout ce que tu voudras sauf une meurtrière. C'est une pauvre fille, voilà tout. Et puis à y bien regarder, ton histoire ne tient pas debout. Faire chanter Dixie, c'est bien joli, mais pourquoi ? Que Hunt ait été son amant à l'université, quelle importance aujourd'hui que John n'est plus là ?

— Tu as raison, il faut donc qu'il y ait un autre motif. Nous savons que Davis Hunt a eu l'idée de ce chantage en apercevant quelque chose à San Bernardino. Qu'a-t-il pu voir sinon Dixie, qu'il connaissait, avec Billy ?

— Ça m'étonnerait, Dixie ne va jamais en ville, et encore moins avec le gosse.

— Il a suffi d'une fois. Admettons qu'il les ait vus et supposons que, pour une raison ou pour une autre, Hunt ait pu avoir la certitude que cet enfant était de lui. Quel beau motif de chantage il avait alors ! Si Billy n'était pas un Spencer, Dixie et son fils perdaient tout droit sur le ranch...

Je m'arrêtai, déconcertée par la réaction de Lizbeth. Ses yeux s'étaient d'abord écarquillés sous l'effet de la surprise, puis elle s'était mise à rire aux éclats. Un rire libérateur encore amplifié par la tension à laquelle elle avait été soumise. Elle se leva brusquement et courut à la porte en me criant :

— Attends-moi !

J'avoue que je ne comprenais rien à sa réaction et j'attendis son retour avec une certaine impatience. Elle ne fut pas longue pourtant et réapparut, serrant contre elle un album de photos. Elle me tendit une petite épreuve en noir et blanc.

— Tu connais ? me demanda-t-elle.

— C'est Billy, bien sûr, pourquoi ?

— Retourne la photo.

Je fis ce qu'elle me demandait et je sentis le sang se retirer de mon visage. Au dos de l'épreuve était inscrit : *John Spencer, 11 avril 1953*. Lizbeth choisit alors plusieurs autres clichés dans l'album et me les passa. On y voyait John en compagnie d'un Mat beaucoup plus jeune, seul sur le capot d'une vieille Studebaker, ou auprès d'une belle femme en qui je reconnus Mrs Thorne. J'étais effondrée, ces photos étaient la preuve absolue que je m'étais complètement trompée : Billy était bien le fils de John, la ressemblance était stupéfiante. Lizbeth m'observait, un petit sourire ironique au coin des lèvres ; elle n'était pas mécontente de son effet.

— Tu as trop d'imagination, me dit-elle. Si je n'avais pas su que tu te trompais, tu aurais fini par me convaincre. Je t'avais pourtant déjà dit que Billy était tout le portrait de son père. Heureusement que tu m'as parlé avant de t'adresser à Mat, je crois bien qu'il t'aurait jetée dehors. Mettre en doute la légitimité de son petit-fils, mon Dieu !

Je me taisais, assez vexée. Tout se tenait si bien, comment avais-je pu me tromper à ce point ?

— Et cette pauvre Dixie, si tu l'avais accusée à tort ? Elle ne mérite pas ça.

— Cette pauvre Dixie, comme tu dis, a quand même prétendu ignorer qui était Davis Hunt alors qu'elle couchait avec lui, répondis-je assez sèchement.

— Bah ! telle que je la connais, elle aura oublié, tout simplement. Pour elle, un homme de plus ou de moins, ça ne signifie pas grand-chose. Allez, viens, nous allons lui demander, mais sans l'accuser de quoi que ce soit. D'accord ?

— Si tu veux, répondis-je d'assez mauvaise grâce. J'ai la photo de Hunt, je vais la prendre au cas où, par extraordinaire, elle aurait réellement oublié.

— Carol, tu es trop soupçonneuse, me dit Liz avec sévérité, il faut faire davantage confiance aux gens.

Je pris la photo et descendis à sa suite retrouver Dixie, toujours plongée dans son magazine. Elle consentit à relever les yeux en nous voyant nous asseoir auprès d'elle.

— Alors, ce complot, c'est terminé ? demanda-t-elle.

— Nous parlions de toi.

— De mieux en mieux ! Puis-je savoir ?...

— J'essayais de comprendre pourquoi tu prétendais ne pas connaître Davis Hunt. Liz assure que tu as oublié.

Dixie nous regarda l'une après l'autre, son visage exprimait seulement la surprise, même pas l'agacement.

— Je vous assure que je ne connais personne de ce nom, se contenta-t-elle de répéter tranquillement.

— Ton nom de jeune fille est bien Brown ?

— Oui, c'est vrai, comment sais-tu ça ?

— Alors, tu le connais, continuai-je, impitoyable.

Et je lui tendis la photo prise par les services de l'identité judiciaire. Là, elle reconnut l'homme immédiatement et une intense surprise se peignit sur son visage.

— Dave... murmura-t-elle, mais c'est Dave...

— Eh bien, oui, dis-je, Davis Hunt.

— C'est lui que tu as tué ? me demanda Dixie.

Ou bien elle était une actrice consommée, ou elle était en proie à une des plus grandes stupeurs de sa vie. Son regard allait constamment de la photo à mon visage comme si elle cherchait à établir un impossible rapport entre les deux.

— Tu le reconnais, maintenant ? insistai-je.

— Bien sûr, c'était mon flirt attitré avant ma rencontre avec John. C'est vrai, il s'appelait Dave Hunt mais lorsque tu m'as parlé d'un Davis... jamais je ne l'ai appelé ainsi, et puis comment aurais-je pu supposer... Mais enfin, pourquoi l'as-tu tué ? C'était un gentil garçon.

C'est ça, elle allait m'engueuler maintenant !

— Dixie, tu te fous de moi ? C'est ce gentil garçon qui a failli tuer Billy l'autre jour.

— C'est Dave qui en voulait à Billy ? Ce n'est pas possible, tu dois te tromper, il y a treize ans que nous ne nous sommes revus, c'est absolument impossible.

— Je suis désolée, Dixie, c'est bien lui. Ne me demande pas pourquoi il a agi ainsi, je n'en sais rien.

— Peut-être t'aimait-il encore ? suggéra Lizbeth dont le tempérament romantique faisait fi des années écoulées.

— Lui, m'aimer encore ? Tu parles ! Déjà lorsque je sortais avec lui, il se foutait pas mal de moi, je lui plaisais, c'est tout. Un soir, je me suis fait sauter devant lui par la moitié de l'équipe de base-ball et ça l'a beaucoup amusé. Alors, m'aimer, il ne savait même pas comment ça s'écrivait !

Lizbeth n'avait pu s'empêcher de sursauter devant la vulgarité de Dixie. Je me hâtai d'enchaîner :

— Eh bien, son comportement restera un mystère.

— Qu'est-ce qui restera un mystère ?

La voix de Mat, qui venait de rentrer en compagnie de Gavin et de Billy, nous parvint du fond de la pièce. Ce fut Dixie qui répondit sans la moindre gêne :

— Carol a découvert le lien qui existait entre l'homme qui voulait tuer Billy et nous. C'était mon dernier flirt avec qui j'avais rompu au moment de mes fiançailles ; j'avoue que j'ai de la peine à le croire.

Mat parut intéressé et, suivi de Gavin, il s'approcha de nous.

— Aviez-vous revu cet homme récemment ? demanda-t-il à Dixie.

— Je ne le voyais déjà plus au moment du mariage, il s'était fait virer de l'université. Tout à l'heure, Carol me bassinait avec son Davis Hunt, Davis Hunt, je ne voyais pas du tout où elle voulait en venir. Il y a longtemps que je l'avais oublié, ce mec.

Mat paraissait très surpris, il réfléchit un instant et, se tournant vers moi, ajouta :

— Ça n'a pas de sens.

— C'est bien pour cela que je parlais de mystère lors de votre arrivée, Mat.

Il réfléchit encore puis reprit, à l'adresse de Dixie :

— C'était bien ce fils d'un commerçant de Riverside ?

— Oui, c'est ça. Comment le connaissiez-vous ?

— J'avais fait prendre quelques renseignements sur vous par une agence de police privée.

— Eh ben, elle devait pas être terrible, ton agence, parce que ma mère, c'est pas un cadeau, dit Billy derrière nous.

— Billy, veux-tu te taire ! s'écria Liz. On ne parle pas ainsi de sa mère.

— Oh ! laisse-le, fit Dixie, pour une fois que ce qu'il dit n'est pas idiot... Et que vous avaient appris vos fouineurs, Mat ?

Lizbeth saisit la main de Billy et l'entraîna fermement sous prétexte d'aller se laver les mains. Mat attendit qu'ils se soient éloignés pour répondre.

— Que vous aviez eu des aventures, en particulier avec ce garçon. Sur le moment, ça ne m'a pas paru important.

— Ça ne l'était pas, dit-elle assez sèchement, et elle nous quitta.

— Je crois que vous l'avez fâchée, dis-je à Mat.

— Ça lui passera. Que pensez-vous de cette histoire ?

— Je ne sais pas, répondis-je franchement, je n'y comprends plus rien. Un moment j'ai soupçonné Dixie, je suis convaincue maintenant que je faisais fausse route.

— Je le crois aussi. Dixie n'a aucun intérêt à la disparition de Billy et, même si elle n'a pas pour lui les sentiments qu'une mère devrait avoir pour son fils, je la crois incapable de lui faire du mal. Non, cet homme s'est intéressé à nous parce qu'il l'avait connue autrefois, c'est certain, mais pourquoi s'en prendre à l'enfant ?

Je fus sur le point de tout lui dire, puis je repensai à la prime de dix mille dollars qu'il m'avait promise si j'abattais Hunt. Etait-ce pour protéger Billy ou pour se débarrasser d'un maître chanteur ? Mat restait mon suspect numéro un, même si je pensais qu'il avait été abusé tout comme moi.

— C'était un homme très secret, Mat. J'ai rencontré deux de ses amis, il ne leur avait rien dit. J'essaierai demain de voir son ancienne femme mais je n'en attends pas de miracle.

— Faites pour le mieux, me dit-il.

L'explosion d'un pétard nous fit sursauter. Billy l'avait descendu, tout allumé, au bout d'une canne à pêche et venait de le faire exploser au-dessus de la tête de Gavin. De saisissement, ce dernier renversa son cocktail sur ses vêtements. Il bondit dans l'escalier à la poursuite du gamin qui avait aussitôt disparu. Au loin, j'entendis Lizbeth crier vainement : « Billy, arrête ! »

Charmante soirée en perspective.

13

Lizbeth se glissa dans ma chambre. Je posai le roman d'amour de Pamela Wallace que j'étais en train de lire et je la regardai. Sa nuisette mettait en valeur ses longues jambes fines ; elle était infiniment plus séduisante que Happy et tous ses semblables.

— Je peux te parler ? me demanda-t-elle à mi-voix.

Je lui fis une place à côté de moi.

— Viens dans le lit, tu vas attraper froid.

Elle hésita un peu puis se décida.

— Tu as retrouvé Billy ? dis-je.

— Oui, deux heures après la fin du repas, il était caché dans le coffre de la voiture de Gavin ! Le sale gosse, il me fait damner. Il était affamé et il a fallu que je lui fasse cuire des œufs au jambon.

— Tu es trop faible avec lui, il fallait l'envoyer au lit sans souper.

— Je sais, mais j'en souffrirais plus que lui ; que veux-tu, je suis comme ça, je n'y peux rien.

Elle garda un moment le silence, puis reprit :

— J'étais contente tout à l'heure parce que j'avais pu te montrer que tu faisais fausse route pour Dixie. Maintenant, j'ai peur. J'ai repensé à cette histoire de lettre, tu as raison, elle a bien été tapée ici. Quelqu'un s'en est servi pour faire abattre cet homme, quelqu'un que nous connaissons, qui vit ici, l'un de nous... Ah ! c'est affreux...

Elle fondit en larmes et j'en profitai pour la prendre contre moi. La douceur de son corps presque nu contre le mien m'embrasa aussitôt les sens et je dus me faire violence pour ne pas la caresser. L'instant aurait été mal choisi, elle pleurait sans retenue, et les hoquets qui secouaient son corps ajoutaient à ma douce torture. Que pouvais-je lui répondre ? Ce qu'elle disait n'était que trop vrai.

— Y a-t-il une chance pour que cet homme ait pu s'introduire dans le grenier et taper lui-même cette lettre ? me demanda-t-elle au bout d'un moment.

— Pour s'envoyer à la mort ?

— C'est vrai, je suis idiote. Nous ne pouvons

continuer ainsi, il faut avertir Mat. Il y a un meurtrier parmi nous.

— Et si c'était lui ?

— Quoi !... Tu es folle ?

— Pourquoi pas ? Il m'a bien offert une prime pour abattre l'homme au lieu de l'arrêter.

Un instant, elle parut pétrifiée d'horreur, puis elle réfléchit et secoua la tête.

— Non, pas Mat, du moins pas ainsi. Qu'il soit capable de tuer un homme qui le ferait chanter, c'est certain ; il le descendrait tout simplement. Cette histoire de lettre est trop compliquée pour lui... En admettant même qu'il l'ait écrite, il n'aurait jamais pu la retrouver au bout de deux ans, tout est dans un tel désordre chez lui.

— C'est assez juste. Dis-moi, sais-tu qui a mis cette machine dans ce débarras et qui connaissait son existence ?

— C'est maman qui l'y a fait porter un jour par un péon, j'étais petite à l'époque. En dehors d'elle et moi, Mat, John, Gavin et Billy avaient eu l'occasion de l'y voir. Miguel aussi, certainement. Kate, je ne sais pas ; quant à Dixie, je te l'ai dit, elle ne peut monter à une échelle et je ne crois pas qu'elle soit jamais allée là-haut.

— C'est forcément l'un d'eux, il faut te faire à cette idée. Nous pouvons éliminer Billy, reste huit personnes. Supprimons John et ta mère qui ont quitté le ranch depuis des années, reste six. Moins Dixie que tu déclares incapable d'accéder au grenier, cela fait cinq et même quatre si tu penses pouvoir t'éliminer.

— Oui, dit-elle pensivement, quatre : Mat, Gavin, Kate et Miguel. Cela m'arrangerait si c'était Miguel.

— Je m'en doute ; hélas ! c'est le moins probable. Il faut plutôt considérer Mat, et Gavin qui devient aussi mon suspect numéro un.

Là, je mentais un peu, disons qu'il était à égalité avec Mat.

— Pourquoi pas moi ?

— Ce n'est pas toi qui as tapé la lettre, la frappe est trop irrégulière et puis tu es honnête, cela se sent. C'est bien pourquoi tu es la seule à qui je me confie ici.

— Tu es gentille et tu as raison, je ne suis pour rien dans ce cauchemar. Toutefois, je crois que j'aurais préféré ne rien savoir, pouvoir vivre comme avant. C'est affreux de suspecter des gens qu'on aime. Même ceux qui me sont les moins proches, Kate, Dixie, ils forment ma famille, nous sommes tous solidaires...

Elle enfouit sa tête dans le creux de mon épaule et se remit à pleurer. Je lui caressai doucement les cheveux, elle semblait être un oiselet tombé du nid, mais lorsque ma caresse glissa jusqu'à son épaule et effleura son sein, elle se recula. Je la laissai partir, elle n'était pas pour moi.

Cette conversation avait eu le mérite de m'éclaircir les idées. Une seule chose était sûre : j'avais été l'instrument d'un meurtre dont l'instigateur était forcément un membre de la famille Spencer. Lequel ? A dire vrai, je ne pourrais apporter une réponse définitive à cette question qu'après avoir découvert le motif du chantage. Alors, tout deviendrait évident. Je m'endormis sur cette pensée réconfortante.

Le lendemain, je me levai de bonne heure et me rendis chez Gavin et Kate. Après tout, je les avais un peu négligés, ces deux-là. J'eus la chance de les surprendre au cours de leur petit déjeuner qu'ils m'invitèrent à partager. Cela m'arrangeait parfaitement.

— Avez-vous appris qui était l'homme que j'ai abattu ? leur demandai-je.

— Oui, un ancien flirt de Dixie, c'est incroyable ! s'exclama Kate.

— Qu'en pensez-vous ? demandai-je à Gavin en le regardant droit dans les yeux.

— Je ne sais pas, finit-il par dire après avoir longuement réfléchi.

Voilà qui m'avançait beaucoup.

— Oh ! elle ne le voyait plus depuis des années, dit aussitôt Kate. *Los Dudes* est à l'écart de la ville, c'est notre domaine, mais aussi un peu notre prison ; cet homme n'aurait pu revoir Dixie sans que nous le sachions.

— Oui, c'est évident. Il y a autre chose qui m'inquiète et j'en ai fait part à Mat. Pour tendre des embuscades par deux fois à Billy, il a fallu que Davis Hunt ait été averti de ses déplacements par quelqu'un du ranch.

— Père me l'a dit, reconnut Gavin.

Il parut sur le point d'ajouter quelque chose puis se ravisa. Je tentai de lui forcer la main.

— Avez-vous une idée sur la question, Gavin ?

— Ce ne peut être quelqu'un de la famille, dit-il, ce tueur aura soudoyé un péon. Comment savoir ?

C'était la phrase la plus longue que je l'aie entendu prononcer.

— Gavin a raison, dit Kate, nous sommes une famille très unie même s'il y a parfois des chamailleries comme partout. Que voulez-vous, Billy est tellement insupportable qu'il nous arrive parfois de perdre patience.

— C'est normal, j'ai rarement rencontré un chenapan pareil. Cependant, je ne vois pas en quoi cela entraîne des disputes sur le plan familial.

— Eh bien, Lizbeth le défend toujours et lui passe

tout et puis... (elle hésita)... Mat est vraiment trop indulgent avec ce gamin, tout lui est permis.

— Ça n'intéresse pas cette dame, coupa Gavin en se levant. Faut que j'y aille, ajouta-t-il.

Je me levai à mon tour et pris congé. Si la vie de Billy avait été réellement menacée, Gavin aurait fait un coupable très convenable ; motif, occasion, tout y était. En revanche, s'il s'agissait bien d'une affaire de chantage, comme j'en étais persuadée, rien ne permettait d'accuser Gavin Spencer plutôt qu'un autre membre de la famille. Plutôt moins à tout prendre, il était trop bête !

Je remontai dans ma chambre et fourrai dix mille dollars dans mon sac, puis je pénétrai dans celle du gamin après m'être assurée qu'elle était vide. J'enveloppai dans un mouchoir son verre à dents et je le glissai dans mon sac. Pour une fois, il serait accusé d'un méfait qu'il n'avait pas commis ! Je redescendis et annonçai à Lizbeth que je sortais pour la journée et laissais Billy à sa garde. Elle fit oui de la tête machinalement, son regard de chien battu faisait peine à voir.

A San Bernardino, je m'arrêtai au bureau du shérif. Cette fois, Blatney était là. Il ne parut pas particulièrement enchanté de me voir, néanmoins il me désigna un siège du bout de son cigarillo.

— Trouvé quelque chose ? demanda-t-il.

Je lui résumai ce que j'avais appris. Je terminai en exprimant avec force ma conviction que la mort de Davis Hunt résultait d'une machination criminelle et devait être assimilée à un meurtre.

— Il y a des lois, Miss Evans, et vous ne pouvez les refaire à votre gré. Cet homme a été abattu par un officier de police assermenté au moment où, armé d'un pistolet chargé, il venait de porter la main sur un enfant. Même si ce n'est pas lui qui a envoyé la lettre de menaces, sa mort est justifiée légalement et ne saurait en aucun cas être assimilée à un meurtre.

— Légalement, vous avez raison, shérif. Vous me permettrez d'avoir une autre opinion à titre privé.

— A titre privé tant que vous voudrez, mais ne vous attendez pas que j'inculpe quelqu'un à partir d'un tel faisceau de présomptions.

— Je n'attends rien de tel, shérif, simplement votre collaboration le cas échéant. Votre enquête a-t-elle progressé ? Avez-vous reçu la réponse de Santa Anna ?

— Oui, je n'ai pas encore reçu leur rapport écrit mais ils m'ont communiqué le résultat de l'analyse de l'encre par téléphone. Vous aviez raison. L'enveloppe que je leur avais fait parvenir a été tapée il y a de ça dix-huit à trente mois. Ils m'ont demandé s'ils devaient chercher à être plus précis, j'ai dit que c'était inutile.

— Tout à fait inutile.

— Sur le plan local, nous n'avons pas appris grand-chose, je le crains. Hunt a couché dans un motel situé près du réservoir d'eau, à la limite de Riverside ; il était seul.

— Quand cela ?

— Le 11 octobre, soit la veille de sa mort. C'est normal, non ?

— Pas tout à fait. Rappelez-vous, on a tiré sur la voiture de Mat la veille, c'était le 10, et sur la mienne deux jours avant. Si c'est Hunt qui a tiré, ce que je ne crois pas, où a-t-il passé les autres nuits ?

Le shérif n'avait pas envisagé la question sous cet angle. Il resta un instant silencieux à ruminer le problème, puis il suggéra :

— Peut-être avait-il changé de motel par mesure de prudence ? Cela arrive, vous savez.

— Il n'était pas chez sa mère à Riverside, cela je le sais. J'irai interroger son ex-femme tout à l'heure, elle habite la même ville.

— Je fournirai une photo de Hunt au shérif de Riverside, peut-être a-t-il passé la nuit là-bas.

— D'accord. Autre chose ?

— Un travailleur mexicain l'a vu pénétrer en voiture sur les terres du ranch le jour de sa mort, peu après midi, croit-il. Cela ne nous avance pas à grand-chose.

— Je sais, un de vos adjoints m'en avait parlé. Pourriez-vous faire relever les empreintes digitales sur ce verre ? Ce sont celles de Billy Spencer, je veux pouvoir les comparer avec celles que Hunt conservait précieusement.

— C'est facile. Vous pensez que les deux jeux d'empreintes devraient être identiques ?

— Disons plutôt qu'il s'agit d'une simple possibilité, shérif. Je ne suis sûre de rien.

En quittant le poste de police, je pris la route du *Fruta Verde*, le motel où j'avais laissé Happy. Il devait trouver le temps long. Je le découvris en train de se balancer dans un rocking-chair sous la véranda de l'hôtel. Son visage s'illumina dès qu'il m'aperçut. Sans descendre de la Cadillac, je lui criai :

— Monte !

— Où va-t'on, poupée ? Que se passe-t-il ? Tu m'avais promis d'arriver de bonne heure, j'ai cru que tu m'avais laissé tomber.

— Désolée, Happy, j'ai été retardée. Il y a du nouveau ; je m'étais complètement trompée à propos de Dixie, l'ancienne petite amie de Davis. Elle n'est pas dans le coup.

— Pourtant, tout ce que tu nous avais raconté se tenait tellement bien... Tu es sûre qu'on ne t'a pas fait une entourloupe ?

— Certaine, malheureusement. Toute mon hypothèse reposait sur la filiation supposée Davis-Billy. Eh bien, ça ne marche pas, Billy est le portrait exact de son père à son âge.

— On n'a pas pu te filer des photos truquées ?

— Impossible, les autres membres de la famille Spencer y figuraient aussi, plus jeunes d'un quart de siècle, et ça, on ne peut pas le truquer.

— Te laisse pas abattre, poupée, je suis sûr que tu trouveras, tu es douée.

La confiance naïve qu'il me manifestait me fit du bien et j'effleurai sa joue d'une caresse.

— Où va-t'on ? répéta-t-il.

— Voir cette Sue Ann Marston qui a été la femme de Davis ; c'est notre dernière source d'information possible.

Le trajet fut court et j'arrêtai la voiture au pied du mont Rubidoux dans une petite rue se faufilant entre deux séries de maisons préfabriquées toutes semblables entre elles. Seuls leurs jardins différaient. Je m'arrêtai devant le numéro 223 et me dirigeai vers le bungalow, suivie de Happy. Une jeune femme enceinte répondit à mon coup de sonnette et, avant que j'aie eu le temps de me nommer, elle me dit :

— Vous êtes Miss Evans, n'est-ce pas ? Martha Hunt, mon ancienne belle-mère, m'a fait part de votre visite et je vous attendais un peu. Entrez.

L'intérieur de la maison était beaucoup moins bien tenu que chez Mrs Hunt. La jeune femme parut en prendre conscience car elle ajouta :

— Excusez le désordre, dans mon état il m'est pénible de me pencher et mon mari est routier. Il n'est à la maison que le week-end et je puis difficilement l'ennuyer avec les travaux ménagers.

— C'est sans importance, Mrs Marston. Le bébé naîtra-t-il bientôt ?

— Appelez-moi Sue Ann, s'il vous plaît, sinon j'ai l'impression d'être devenue soudainement vieille. Linda doit naître à la fin du mois, si tout se passe bien.

— Linda ? Comment pouvez-vous être sûre qu'il s'agit d'une fille ?

— Oh ! mais les médecins peuvent maintenant le déterminer dès le sixième mois. Vous n'avez jamais eu d'enfants ?

— Seigneur, non ! m'exclamai-je, un peu déroutée par le tour que prenait la conversation.

Happy ajouta à ma confusion en disant :

— Je suis prêt à t'en faire un, poupée, si tu veux.

— Nous ne sommes pas là pour parler de moi, dis-je avec peut-être un peu trop de sécheresse, mais de l'ancien mari de Sue Ann. Je suppose que vous êtes au courant de sa mort ?

— Oui, sa mère m'a aussitôt téléphoné, nous sommes restées amies. Pauvre Davis, quelle triste fin ! Je n'aurais jamais cru qu'il tomberait si bas. Malgré tout ce qu'il m'a fait subir, j'ai eu de la peine pour lui. Il était plus veule que méchant. J'ai été stupéfiée en lisant dans la presse locale qu'on l'accusait d'avoir voulu tuer un enfant. Martha m'a dit qu'il avait peut-être été victime d'un coup monté.

— Nous le croyons. Je suis intimement persuadée que Davis a été attiré dans un piège par une personne qu'il voulait faire chanter. J'avais cru découvrir qui était cette personne, malheureusement il n'en était rien, je m'étais trompée.

— Une affaire de chantage lui ressemblerait plus ; même du temps de notre mariage il trempait toujours dans des combines à la limite de la légalité. Auparavant, il avait vécu en prenant des paris clandestins sur les champs de courses de la région ; il avait deux associés à l'époque, Joe, un Noir, et José, un Mexicain. Je ne les ai jamais rencontrés. En revanche, je suis sûre d'une chose, ils n'ont jamais commis de meurtre.

— J'en suis persuadée, Sue Ann. Quelqu'un a fait tuer Davis délibérément. Vous êtes mon dernier espoir de trouver qui. Avez-vous une idée de ce qu'il a pu découvrir à San Bernardino, il y a deux ans ?

— Non, aucune. Je peux vous dire que ce que vous appelez sa « découverte » remonte à un peu plus longtemps que ça. Voyons, il a été arrêté en septembre 1979 et il avait dû venir me voir vers le mois de mai. A cette époque, il s'était à nouveau associé avec le Noir. Il est arrivé un samedi sans prévenir et le dimanche il est allé passer la journée à San Bernardino, voir un vieux copain, m'a-t-il dit. C'est au retour qu'il a parlé de l'argent qui allait lui tomber du ciel.

— Tomber du ciel ?

— Non, ce n'est pas son expression, il a seulement parlé de beaucoup d'argent facilement gagné. Je n'ai pas fait très attention, il avait toujours des projets mirifiques qui devaient nous rendre riches et n'aboutissaient jamais.

— Je comprends, Sue Ann, mais c'est très important, essayez de vous rappeler.

— J'ai bien peur d'avoir oublié, c'est déjà loin, et puis je n'attachais pas grande importance aux projets de Davis, j'avais déjà décidé de le quitter.

— Ecoutez, je suis sûre qu'en faisant un effort vous parviendrez à rappeler vos souvenirs. Je vais essayer de vous aider. A-t-il dit comment il comptait gagner cet argent ?

— Non, absolument pas, simplement qu'il n'aurait rien à faire pour l'obtenir, je veux dire pas de travail.

— Qui était-il allé voir à San Bernardino ?

— Il m'a dit un vieil ami, c'est tout. Ah ! oui, je crois qu'ils sont allés faire un pique-nique en forêt.

— Un pique-nique ?

— Oui, c'est cela, maintenant je m'en souviens. Ah ! et puis il a dit aussi quelque chose à propos de cette fille, vous savez, celle dont vous avez parlé à Martha.

— Dixie ?

— C'est ça, son ancienne petite amie, il l'a revue là-bas.

— Lui a-t-il parlé ?

— Je ne sais pas. Il m'a dit qu'elle n'avait finalement pas tiré un tellement bon numéro, et il a ajouté : « Elle ne peut même pas se remarier. » Je ne sais pas pourquoi.

— Moi, je sais. Vous voyez que nous progressons, Sue Ann ; faites encore un effort. Est-ce que Dixie paraissait liée dans son esprit à cet argent qu'il devait gagner ?

— Je ne crois pas, je n'en suis pas sûre, mais j'ai plutôt le souvenir de deux choses distinctes. Vous savez, Davis était très secret.

— Au fait, n'avait-il pas rapporté un objet avec lui ?

— Vous voulez parler du verre ? Oui, c'est vrai, j'avais oublié. Il m'a demandé une boîte en fer, vous savez, de ces boîtes où on range les biscuits, et du coton. Il y a placé un verre ; je l'ai questionné ; naturellement, il n'a rien voulu dire, il s'est contenté de rire.

Il y eut un silence.

— J'ai bien peur que ce ne soit tout, reprit-elle. Je ne me souviens de rien d'autre.

— Ce n'est pas grave, Sue Ann, vous m'avez été utile. Il me reste à déterminer qui Davis a vu à San Bernardino.

Je me levai.

— Bonne chance avec le bébé.

— Merci. Une chose encore à propos de Dixie, ajouta-t-elle. Davis m'a dit qu'en onze ans elle n'avait pas tellement changé.

— Ce qui confirme qu'ils ne s'étaient pas revus entre-temps. Merci, Sue Ann. Viens, Happy, nous partons.

14

— Où va-t'on maintenant ?

— On rentre à Los Angeles, Happy.

Je ne parvenais toujours pas à comprendre pourquoi je m'étais embarrassée de ce garçon. Il ne pouvait que me gêner désormais. Attachement sentimental ? Ne plaisantons pas, même si j'avais eu un moment de faiblesse pour lui, je ne suis en rien sentimentale, sauf dans mes lectures. Plus que le mâle, qui est bien la dernière chose qui puisse m'attirer, c'était le garçon heureux, insouciant, qui m'avait fascinée. Il serait faux de dire que je suis triste, en fait, je ne suis rien, je m'ennuie de tout et partout ; il me faut l'excitation du danger, les risques de mort violente pour que je me sente enfin exister. Même pendant les deux mois passés à Bel Air en compagnie d'Amanda, je m'ennuyais. Happy représentait tout ce que je n'étais pas ; hélas ! il ne pouvait me communiquer sa gaieté naturelle. Il m'avait amusée un moment, maintenant il me fallait me débarrasser de lui.

J'avais rattrapé le *freeway* pour L.A. et le mont Rubidoux disparaissait déjà à l'horizon.

— Peut-être t'es-tu posé des questions sur moi, Happy ?

— Oui, mais je n'ai pas insisté, je n'étais pas certain que les réponses me plairaient.

— Elles ne t'auraient pas plu, je le crains.

— Tu es un agent fédéral ?

— J'ai été quelque chose comme ça ; maintenant, c'est pis, vois-tu.

— Comment ça, pis ?

— Je n'ai jamais été mariée.

— Mais alors, le shérif adjoint Evans qui a tué...

— C'est moi qui ai tué ton copain, Happy. Je ne connaissais pas Davis. Sur le moment, il m'a semblé que c'était la seule chose à faire ; Hunt était armé et il avait agrippé la jambe du petit. Tu m'as donné mes premiers doutes.

— Ainsi, tu es un flic !

— Pas vraiment, je suis une indépendante. J'ai été engagée comme garde du corps de l'enfant et, pour régulariser la situation, on m'a donné une belle étoile en métal. Je la rendrai une fois cette affaire terminée.

— Eh bien, si j'avais su ça, je n'aurais jamais accepté de t'aider. Moi, collaborer avec un flic ! Remarque, maintenant je ne le regrette pas ; si tu trouves quel est le salaud qui t'a fait descendre mon copain, je suis sûr que tu ne le rateras pas.

— Je te le promets, Happy.

Nous avions atteint la zone désertique qui nous séparait des faubourgs de L.A. Un moment, je reportai mon attention sur le paysage désolé qui nous entourait. J'aimais ce désert. J'hésitai encore pendant quelques minutes, puis je me décidai.

— Il y a autre chose qu'il faut que je te dise. Le grand-père du petit m'a donné une prime pour avoir définitivement écarté le danger qui menaçait, croyait-il, la vie de Billy. En fait, il m'avait promis ces dix mille dollars à l'avance si je tuais l'homme au lieu de l'arrêter.

— Dix mille dollars ! Cherche plus, poupée, s'il a tellement raqué pour que tu liquides Davis, c'est qu'il a monté le coup. Pour moi, c'est clair.

— Trop clair, peut-être. Tu te doutes que j'y ai pensé comme toi, toutefois il y a un certain nombre de faits qui ne collent pas avec Mat Spencer. En particulier, la conception du crime révèle un esprit beaucoup plus compliqué que le sien. Par exemple, cette histoire de lettre qui a été gardée deux ans avant d'être envoyée ; c'est assez dingue, quand on y pense.

— C'est toi qui décides. Moi, je ne vois pas le problème, si un type file dix gros billets pour qu'on en descende un autre, c'est qu'il y a un intérêt personnel, c'est tout.

— Et si j'ai accepté de le descendre pour dix mille dollars, c'est que je suis une tueuse à gages, c'est ça ?

— Je n'ai pas voulu dire ça, poupée, on t'a trompée.

— Eh bien, on a pu également tromper Mat. C'est un vieil homme, maintenant, et son petit-fils est tout pour lui. Sa démarche est suspecte, je te l'accorde, pourtant elle n'est pas invraisemblable.

— Tu as sûrement raison, Carol, je parle toujours trop vite. Si j'avais réfléchi plus souvent, j'aurais fait moins de conneries dans ma vie. N'en parlons plus, je vais finir par m'attrister, ce qui n'est pas dans ma nature. Bon, que vas-tu faire, à présent ?

— D'abord te déposer chez toi, ensuite passer prendre les photos des empreintes relevées sur le verre que conservait Davis. Puis, je retourne à *Los Dudes*.

— Me déposer ? Tu veux dire que pour moi la balade est terminée ?

— Si tu veux présenter les choses ainsi, c'est un peu ça. Davis croyait réussir un gros coup et il t'avait promis ta part, n'est-ce pas ?

— Oui. Et c'est râpé maintenant !

— Pas tant que tu crois. Passe-moi mon sac qui se trouve sur la banquette arrière.

Tout en conduisant d'une main, j'attrapai la liasse de dix mille dollars que j'avais préparée et je la lui tendis.

— Tu étais son copain et, à tort ou à raison, tu pensais qu'il ne te laisserait pas tomber s'il réussissait son coup. Alors, voilà ta part.

Il prit la liasse du bout des doigts, incrédule. Il me regardait sans comprendre.

— Pourquoi me donnes-tu cet argent ?

— Je vais être franche avec toi, Happy. Tuer m'est indifférent, en revanche, tuer pour de l'argent me répugne. Depuis que j'ai reçu cette prime, je me sens mal à l'aise, mal dans ma peau. C'est là une sensation que je n'ai jamais ressentie, tu m'en délivreras en acceptant la somme ; si tu veux, c'est un service que je te demande.

Happy me considérait avec stupeur, finalement il partit d'un grand rire.

— Un service, palper dix grands formats ! Ça, c'est la meilleure que j'aie jamais entendue, et je ne pourrais même pas la raconter aux copains car personne ne me croirait...

Il riait encore à notre arrivée à Pasadena. Sa bonne humeur s'assombrit seulement en arrivant devant le petit immeuble où il logeait. Il me regarda un peu tristement, puis ouvrit la portière de la voiture ; au moment de sortir, il se ravisa et me dit :

— Maintenant que j'y pense, Davis gardait quelques papiers personnels là-haut, tu devrais les examiner. Peut-être y trouveras-tu une indication sur ses relations avec quelqu'un de San Bernardino.

— C'est pour me faire monter que tu as imaginé cela ?

— Tu veux rire, je ne m'amuserais pas à jouer à ce petit jeu avec une fille comme toi, je ne tiens pas à finir à l'hôpital ; et toi, on ne te poursuivrait même pas pour coups et blessures ! C'est vrai, il y a des lettres et divers papiers appartenant à Davis dans la chambre, je crois que tu devrais y jeter un coup d'œil. Je ne chercherai pas à te retenir.

Après tout, je n'étais pas à cinq minutes près. Je suivis Happy dans le couloir sale de son immeuble ; un gros chien noir consentit à s'écarter pour nous laisser passer. La chambre n'avait pas été aérée depuis nos ébats de l'autre jour et sentait mauvais. J'allai à la fenêtre et l'ouvris, un air moite pénétra lentement dans la pièce.

Happy était allé fouiller le tiroir d'une table de bois blanc recouverte de divers ustensiles de cuisine ; il en retira une grosse enveloppe de papier kraft qu'il me tendit. J'examinai un à un tous les documents qu'elle contenait, deux ou trois lettres à sa mère ou à son avocat, quelques factures, un certificat de levée d'écrou, quatre photos jaunies et un billet de cinq dollars. Rien, quoi ! J'allais remettre le tout dans l'enveloppe lorsque je jetai un coup d'œil machinal aux photos. L'une représentait Davis en compagnie de sa mère, deux dataient du jour de son mariage, la dernière était plus ancienne. Elle avait été prise sur un champ de courses, l'arrière-plan ne laissait aucun doute à ce sujet, et l'on y voyait Davis en compagnie de deux hommes. L'un était Joe Nudgett, l'autre... Je retournai le cliché, il portait l'indication manuscrite : *Joe, José, Davis, Santa Barbara, novembre 1970.* La surprise me figeait sur place, le troisième homme, celui qui s'appelait José d'après la photo et dont Sue Ann Marston nous avait parlé, n'était autre que mon ami Miguel, le contremaître de *Los Dudes*.

Je fus tirée de mon étonnement par Happy qui, me croyant plongée dans une rêverie intérieure, avait décidé de tenter sa chance une dernière fois. Il m'embrassa dans le cou tandis que ses mains, glissées sous mon pull, s'emparaient de mes seins.

— Arrête, Happy, dis-je simplement.

Il me lâcha pour me reprendre aussitôt dans ses bras dès que je me fus tournée face à lui.

— Faisons l'amour une dernière fois, implora-t-il.

— Non, Happy, juste un baiser d'adieu, si tu veux.

Il m'embrassa et je sus alors pourquoi je l'avais gardé auprès de moi. Il me fallait être fixée sur moi-même, savoir si ce garçon n'avait été qu'un accident. Je m'abandonnai complètement dans ses bras, de toutes mes forces j'essayai de ressentir le délicieux émoi de mes amours féminines et... et il ne se passa rien. Sa langue dans ma bouche fut bientôt insupportable et je le repoussai.

— C'est fini, Happy, n'insiste pas.

— Pourquoi, poupée, ça ne t'avait pas plu, la première fois ?

— Je ne fais jamais l'amour deux fois avec le même homme, répondis-je en essayant de ne pas rire. Merci de m'avoir signalé l'existence de cette enveloppe ; je garde une photo, elle pourra me servir. Eh bien, adieu, Happy, maintenant que tu as de l'argent, sors-toi de cet endroit minable, tu vaux mieux que ça.

— T'en fais pas, poupée, je vais me trouver une piaule extra et j'y emmènerai la plus belle fille que je pourrai me payer. Elle ne te vaudra pas, bien sûr...

— Et après ?

— Ben, tu sais, moi, la seule chose que je connaisse, c'est le canasson. C'est pour ça que j'étais devenu copain avec Davis, tous les deux nous avions les chevaux dans le sang.

Ainsi les dollars de Mat Spencer serviraient à encourager la race chevaline. Après tout, pourquoi pas ? L'argent n'a jamais eu d'importance à mes yeux, il ne peut me procurer aucun des plaisirs que je recherche.

En quittant Happy, je le vis, assis sur le lit, les dix billets de mille dollars étalés devant lui. Il souriait aux anges.

De Pasadena, je descendis à Downtown et m'arrêtai au bureau central de la police. Le lieutenant Cairn était absent ; un planton me remit une pochette contenant les photos des empreintes relevées sur le verre. Une note brève précisait qu'elles n'étaient pas répertoriées au fichier central ; je n'en fus pas autrement surprise.

Avant de reprendre la route de San Bernardino, je décidai de passer chez moi me changer et prendre une douche. Une surprise m'y attendait sous forme d'un faire-part dans la boîte aux lettres. Je l'ouvris et je lus : *Mr et Mrs Horace T. Scott ont le plaisir de vous faire part du mariage de leur nièce, Miss Amanda Greenwood, avec Mr Herbert Dodge-Fitzgerald, qui a été célébré à Acapulco le 8 octobre dernier.* Eh bien, elle n'avait pas perdu de temps, la petite garce ! D'où sortait-elle son Dodge-je ne sais quoi ? Une chose était sûre, elle ne le connaissait pas il y a deux mois. Pauvre type, même s'il était le pire des salauds, il n'avait pas mérité ça. Je froissai le faire-part et le jetai dans une corbeille à papiers ; pour les félicitations, Amanda pourrait toujours attendre. Je passai sous la douche dans l'espoir de me calmer un peu ;

en vain, j'étais encore en rage en reprenant la route pour *Los Dudes*.

J'avais hâte d'avoir une petite conversation privée avec Miguel, ou José, ou quel que soit son vrai nom. Furieuse comme je l'étais, il n'avait qu'à bien se tenir ! Pour chasser Amanda de mon esprit, j'essayai de récapituler ce que je savais désormais de Miguel. Un an avant son engagement au ranch, il avait été photographié en compagnie de Hunt et de Nudgett sur un champ de courses. Sue Ann m'avait parlé d'un troisième membre de la bande, un Mexicain, lorsqu'ils vivaient en prenant des paris clandestins. C'était certainement lui. Pourtant, Miguel avait fait semblant de ne pas reconnaître Hunt. Passe encore que Dixie ne se soit pas souvenue de son nom, mais Miguel et Davis s'étaient trouvés face à face.

L'affaire se réduisait-elle à un règlement de comptes entre les deux hommes, sans que les Spencer soient directement concernés ? Je ne le croyais pas. Hunt avait parlé de toucher un gros paquet et ce n'était sûrement pas en faisant chanter son ancien complice. En revanche, le motif du chantage lui avait peut-être été fourni par Miguel. Que s'était-il passé ensuite ? S'étaient-ils disputés ? Etait-ce le Mexicain qui avait tendu à Davis le piège mortel dans lequel il était tombé ? Il faudrait qu'il parle, de gré ou de force, et je n'étais pas d'humeur à me contenter de réponses imprécises.

A San Bernardino, je m'arrêtai au bureau du shérif. Blatney était là, je lui tendis les photos d'empreintes que j'avais apportées de L.A.

— Pouvez-vous les comparer à celles de Billy Spencer ? lui demandai-je.

Il prit les clichés, y jeta un rapide coup d'œil et les jeta sur son bureau d'un air dégoûté.

— De toute façon, ce ne sont pas celles du gamin, me dit-il.

— Comment pouvez-vous le savoir ?

— Ce sont les empreintes d'un homme, Miss Evans, que vous me montrez là ; celles d'un enfant sont beaucoup moins larges. Je vais vous faire voir.

Il appuya sur la touche d'un interphone et réclama le jeu d'empreintes de Billy ; cinq minutes plus tard, un planton lui remit les clichés. Il les plaça sur son bureau à côté de ceux que j'avais apportés, la différence sautait aux yeux. J'avais été idiote, j'aurais dû y penser, les doigts d'un enfant sont plus fins que ceux d'un adulte.

— Désolée, shérif, je vous ai fait perdre votre temps pour rien. Me voilà bien avancée avec mon jeu d'empreintes !

— C'est comme pour la machine à écrire, il suffit de trouver les doigts qui vont avec.

— J'y compte bien, dis-je sèchement.

Il partit d'un gros rire et me tendit le lot de photos que j'emportai, plus vexée que je ne voulais le laisser paraître. Je pris la route du ranch. Dès mon arrivée, je réclamai Miguel. Un péon m'apprit qu'il était parti de bonne heure avec le *señor* Mat et ne rentrerait pas avant la nuit. Que je le veuille ou non, il me faudrait patienter jusque-là.

J'entrai dans l'hacienda, personne en vue. Je montai jusqu'à la terrasse où je trouvai Dixie, allongée nue sur une chaise longue, qui prenait son bain de soleil rituel. Elle ne semblait pas se rendre compte qu'un vent frais s'était levé et lui donnait la chair de poule.

— Habille-toi, tu vas attraper du mal, lui dis-je.

Je ramassai sa robe qu'elle avait jetée sur le sol, je cherchai de l'œil ses sous-vêtements, il n'y en avait pas.

— Tu ne portes jamais rien dessous ?

— Le moins souvent possible. J'adore prendre des poses provocantes et voir le regard des hommes s'affoler. Observe Gavin quand il me regarde, les yeux lui sortent de la tête. Et la bobine que fait Kate, grands dieux ! Elle me tuerait, si elle osait ; je suis sûre qu'elle est frigide.

— Tu as déjà couché avec Gavin ?

— Tu veux rire, son père ne le permettrait pas, lui seul a le droit de cuissage.

— Ne me dis pas que Miguel ne t'a jamais touchée.

— Oh ! Miguel, oui, comme ça, quelquefois, dans une grange. Il n'est pas terrible, tu sais, mais nous étions obligés de nous cacher, alors cela donnait un peu de piment à la chose... Mais c'est vrai qu'il fait froid, j'ai dû m'endormir.

Elle se leva et enfila sa robe ; je dus la soutenir pour qu'elle ne tombe pas. Son haleine empestait l'alcool, c'est cela qui l'avait empêchée de sentir le rafraîchissement de la température. Pourtant son élocution restait aisée, comme c'est souvent le cas chez les vrais alcooliques.

— Où étais-tu encore partie ? me demanda-t-elle.

— A Riverside puis à Los Angeles. Je me balade, quoi.

Je la pris par la taille pour l'aider à redescendre de la terrasse.

— C'était pour ton enquête ?

— Oui, j'espère la conclure bientôt.

— Tu as découvert le complice de Dave ?

— Oui.

— Au moins, toi, tu n'es pas bavarde. Ça n'est pas moi, au moins ?

— Je ne crois pas.

— Ah ! tu me rassures, je me suspectais moi-même. Bon, puisque tu ne veux rien dire, changeons de sujet. Qu'as-tu fait à Lizbeth ?

— A Liz ? Rien du tout, je t'assure.

— Depuis hier, elle pleure tout le temps et reste enfermée dans sa chambre. Elle a prétexté une indisposition pour ne pas participer au repas du soir, j'ai dû me coltiner le marmot, tu parles d'une joie ! Ah ! le chameau. Je suis allée lui demander ce qu'elle avait, ce n'est pas son genre, et elle a fini par m'avouer qu'elle pleurait par ta faute. Elle n'a pas voulu m'en dire plus.

— Je te jure que je n'ai pas été méchante avec elle.

— Tu en aurais été capable, Carol, je commence à te connaître, tu en aurais parfaitement été capable.

C'était vrai, j'en convenais, mais tel n'avait pas été le cas. C'étaient plus probablement les révélations que j'avais faites à Liz qui l'avaient perturbée.

— Sais-tu où elle se trouve ? demandai-je à Dixie. Je ne l'ai pas vue en arrivant.

— Elle est probablement encore en train de pleurnicher dans sa chambre, elle paraît réellement atteinte, tu sais.

— J'y vais, je ne comprends rien à cette histoire.

Ou plutôt je comprenais trop bien, Liz avait pris mes découvertes au tragique ; j'étais mécontente, j'aimais beaucoup Liz, c'était une gentille fille et je m'en voulais de lui avoir fait de la peine. Je frappai à sa porte, un faible oui me parvint. Liz était étendue sur son lit, elle regardait droit devant elle et on voyait qu'elle avait pleuré. Dès qu'elle m'aperçut, une expression de colère apparut sur son visage.

— Va-t'en ! cria-t-elle. Je ne veux plus te voir.

— Qu'est-ce qui te prend, es-tu devenue folle ?

— Oh ! je voudrais que tu ne sois jamais venue, je voudrais que tu sois morte !

Lizbeth se détourna de moi, enfouit sa tête dans son oreiller et éclata en sanglots. Je ne savais que faire, la voir ainsi me mettait mal à l'aise ; je me sentais responsable. Je refermai la porte et m'approchai d'elle.

— Si je t'ai fait de la peine, petite Liz, je te demande pardon. Qu'y a-t-il exactement ?

Entre deux sanglots, elle finit par répondre :

— Nous étions heureux ici, nous étions une famille unie, et puis tu es venue tout abîmer avec tes histoires de machine à écrire, de meurtre... Tu as tout sali.

— Désolée, c'est d'abord celui qui a combiné ce meurtre qui a tout sali, je n'ai fait que te le révéler.

Elle releva la tête et fit front, les yeux encore voilés par les larmes.

— Et si je ne voulais pas voir, moi ? Si je voulais rester avec mes illusions, mon petit bonheur tranquille ? C'est toi qui as tout détruit, avec ta manie de fouiner partout. Qu'est-ce que ça peut faire, la disparition d'un maître chanteur, je te le demande, qu'est-ce que ça peut faire ?

— Rien, je te l'accorde. En revanche, le fait qu'on se soit servi de moi pour l'abattre me dérange beaucoup.

Cette phrase eut un effet inattendu sur Lizbeth. Elle bondit sur ses pieds et se dressa devant moi, pareille à une furie.

— Tu l'avoues, tu agis uniquement par dépit. Tu as tué des centaines de personnes, ne nie pas, je le sais, Mat me l'a dit. Et ça t'était égal de les tuer, on dit même que tu y prenais plaisir. Mais là, on t'a un peu poussée, madame se sent offensée dans sa dignité. Ton honneur est atteint, voilà, ton honneur de tueuse, car c'est bien ainsi qu'on t'appelait dans ton service, la Tueuse, c'est le district attorney qui l'a révélé à mon père. Alors, pour te venger, tu n'hésites pas à détruire toute une famille, tu es un monstre, un... un vampire, voilà ce que tu es.

J'éclatai de rire, c'était bien la première fois qu'on me traitait sérieusement de vampire.

— Si je comprends bien, d'après toi, je devrais tout oublier et m'en aller ?

— C'est ce que tu as de mieux à faire, nous sommes assez grands pour régler nos problèmes tout seuls.

— C'est Mat qui t'a dit de me répéter ça ?

— Idiote, je ne lui en ai pas parlé, sans quoi il t'aurait reçue à coups de fusil, et il aurait eu bien raison. Nous sommes une famille unie depuis le départ de John, tu dois t'en aller.

— Ecoute-moi plutôt, au lieu de dire des bêtises ; l'autre jour, nous avons dressé la liste des gens qui connaissaient l'existence de la machine à écrire. Parmi eux, il y avait Miguel. Est-il intouchable, lui aussi ?

— Lui, je m'en moque, tu le sais bien, mais il est étranger à tout ceci.

— Pas sûr. Regarde cette photo.

Je lui tendis l'épreuve trouvée dans les papiers de Davis Hunt. Lizbeth l'examina avec surprise et me regarda d'un air interrogateur. Je lui désignai du doigt les trois personnages.

— Voici Davis Hunt, l'homme que j'ai abattu l'autre jour ; le Noir est son ancien associé, Joe ; quant au troisième, il s'agit d'un certain José, si j'en crois ce qui est écrit au dos du cliché. Alors, petite Liz, penses-tu toujours que notre ami Miguel est étranger à l'affaire ?

Lizbeth se laissa retomber sur le lit et se remit à pleurer ; elle ne savait si elle devait se sentir soulagée ou pas.

— Je vais attendre Miguel, lui dis-je, et nous allons avoir une amicale conversation.

15

J'observai l'arrivée de Miguel en compagnie de Mat et de Billy ; la nuit était déjà tombée. Le grand-père et son petit-fils pénétrèrent dans l'hacienda tandis que le Mexicain se dirigeait machinalement vers l'auge de pierre sur laquelle il avait l'habitude de s'asseoir. Il eut la surprise de m'y découvrir, cachée dans l'obscurité.

— Bonsoir, *señora*, je ne m'attendais pas à vous trouver là.

— Bonsoir, Miguel, je prenais le frais maintenant que le vent est tombé.

— Oui, il fait meilleur à cette heure.

Il y eut un assez long silence. Pour se donner une contenance, Miguel alluma une cigarette.

— Vous ne fumez pas, *señora* ?

— Jamais.

— Que diriez-vous de venir prendre un verre chez moi ? J'ai un apéritif préparé par ma mère à partir d'une recette indienne.

— Pourquoi pas ? Où habitez-vous ?

— J'ai deux pièces derrière la maison du *señor* Gavin. Venez, je vais vous montrer.

Il partit d'un bon pas, convaincu qu'il avait enfin réussi à me tomber. Qu'il est facile de faire marcher les hommes !

Miguel contourna l'hacienda et me conduisit vers la partie arrière de la maison de Kate. Un appartement lui avait été aménagé, indépendant du reste de l'habitation. Il me fit entrer dans une pièce meublée avec plus de goût que je ne l'aurais supposé ; de nombreuses gravures équestres aux murs trahissaient son intérêt pour le cheval.

— Il y a longtemps que vous habitez là, Miguel ?

— Bientôt quatre ans, depuis que je fais fonction de contremaître, avec le *señor* Gavin.

— Vous vous entendez bien avec lui ?

— Avec Gavin ? Comment ne pas s'entendre, il obéit toujours aux ordres de son père et n'en donne jamais lui-même. Tenez, goûtez-moi ça.

Je pris le verre qu'il venait de me servir et trempai mes lèvres dans un breuvage assez fort et très épicé. Dédaignant la chaise que Miguel m'avait avancée, je m'assis sur le bord de la table, une jambe posée sur le sol, l'autre ballante dans le vide.

— Vous a-t-on dit que l'homme que j'ai tué était l'ancien petit ami de Dixie ?

— Oui, *señora*, c'est très étonnant.

— Qu'en pensez-vous ?

— Moi ? Rien, une coïncidence, sans doute. Je suis payé ici pour travailler, pas pour penser.

— Et vous-même, vous ne connaissiez pas cet homme ?

Il me fit un large sourire, empreint d'une désarmante franchise, du moins en apparence.

— Bien sûr que non, *señora*, comment aurais-je pu ?

— Qui sait ? Une coïncidence.

Il secoua lentement la tête de gauche à droite et prit un air peiné.

— On ne sait jamais quoi penser avec vous, *señora*. Vous êtes une très belle femme et en même temps vous êtes dure, si dure. Je croyais qu'on était venus ici pour être amis et voilà que vous me dites des choses désagréables. Ce n'est pas gentil. Je peux être très bon amant, vous savez.

Ce fut à mon tour de sourire.

— J'ai peur de ne pas être venue pour ça.

Cette fois son visage se rembrunit vraiment.

— Pourquoi êtes-vous venue, alors ? Vous savez bien que vous me plaisez, ce n'est pas honnête, ça.

— Et vous, êtes-vous honnête lorsque vous prétendez n'avoir pas connu Davis Hunt ?

— Je ne comprends pas, *señora*.

— Vraiment, José ?

A l'énoncé de ce prénom, il pâlit un peu.

— Pourquoi m'appelez-vous ainsi ? Mon prénom véritable est Miguel, je peux vous montrer mon certificat d'immigration. Que cherchez-vous, à la fin ?

— Joe Nudgett, vous ne connaissez pas non plus ?

Il s'était mis à transpirer abondamment.

— Non, *señora*.

— Il y a dix ans, Davis Hunt, Joe et José prenaient des paris clandestins sur les champs de courses. Cela ne vous dit toujours rien ?

— Rien, je vous le jure.

— Il est inutile de mentir, Miguel, je sais que vous ne faites qu'un avec José.

Je pris dans mon sac la photo trouvée chez Hunt et la posai sur la table. Il la considéra un moment sans la toucher puis sa main s'avança très lentement, comme dans un ralenti cinématographique, et il la saisit. Il l'examina longuement, puis me la rendit. Il haussa les épaules et m'adressa un petit sourire désolé.

— Hé ! que puis-je dire ?

— Vous pouvez dire beaucoup de choses, Miguel. Sur vos rapports avec Hunt et Nudgett autrefois, sur votre rôle dans l'affaire présente.

Sans répondre directement, il désigna la photo.

— J'étais jeune, hein ? Je n'ai pas vu ces années passer. C'est chez Davis que vous avez trouvé ça ?

— Oui.

— L'imbécile ! C'était une canaille sentimentale.

— J'attends vos réponses, Miguel.

— Je ne crois pas avoir envie de parler, *señora*. Je pensais venir avec vous pour faire tout autre chose et ça m'a coupé la voix. Arrêtez-moi, si vous voulez, je peux me payer un bon avocat.

— Il n'y aura pas d'avocat. Vous allez parler, et maintenant.

— Et si je refuse ?

— Joe Nudgett aussi a refusé au début, ensuite il est devenu très bavard. Le pauvre garçon doit être à l'hôpital à l'heure qu'il est.

— Vous voulez dire que vous l'avez frappé ?

Il me regardait avec incrédulité. Qu'une femme puisse menacer un homme de violences physiques lui paraissait invraisemblable.

— Je suis une femme très dure, vous l'avez dit vous-même, Miguel.

Cette fois, il retrouva le sourire.

— C'est ridicule, *señora*, je suis beaucoup plus fort que vous, nous n'allons pas nous battre. Vous n'êtes même pas armée.

— C'est vrai, je ne suis pas armée, mais si je vous frappe, Miguel, je vous casse.

Ma voix avait pris une dureté qui donna toute sa force à cette affirmation. Il me considéra un instant, stupéfait, il devait me croire folle. Il eut un geste d'impuissance.

— Ecoutez, dit-il, tout ceci ne nous mène à rien. Je vais aller m'expliquer avec le shérif Blatney, entre hommes. N'essayez pas de m'empêcher de sortir, je pourrais oublier que vous êtes une dame.

Il fit deux pas en avant, ma jambe droite qui

pendait toujours dans le vide se détendit et vint le heurter au-dessous du genou. Il grimaça sous l'effet de la douleur et se pencha pour porter la main au point d'impact. Je le frappai alors du tranchant de la main à la tempe, très sèchement. C'est un coup difficile à réussir ; porté trop fort, il peut tuer ; trop doucement, il n'étourdit même pas l'adversaire. Là, j'avais bien dosé ma force, Miguel tomba, assommé. Je le fouillai rapidement pour voir s'il ne portait pas d'arme, puis je versai le reste de mon apéritif indien sur son visage. Il mit quelques minutes à reprendre conscience. Il leva vers moi un visage empreint de stupeur.

— Avec quoi m'avez-vous frappé ?

— Avec une seule main, heureusement pour vous, Miguel. La leçon est-elle suffisante, ou dois-je poursuivre ? J'ai été obligée de laisser votre ami Joe en très piteux état ; vous savez, je peux être très cruelle, personnellement cela m'est indifférent.

— Je commence à le croire, *señora*. Puis-je me relever ?

— Vous pouvez vous asseoir, ce sera suffisant. Alors, que décidez-vous ?

— Je vais parler, *señora*. Après tout, vous êtes une représentante de la loi ; que ce soit vous ou le shérif, c'est pareil.

S'il pouvait ainsi justifier à ses yeux le fait d'avoir été dominé par une femme, pourquoi pas ? C'était bien une réaction de macho primitif, dommage qu'il n'ait pas résisté davantage. Je le laissai s'asseoir, puis j'allai prendre place sur une chaise d'où je pouvais avoir l'œil sur lui aussi bien que sur la porte.

— Commençons par le commencement. Depuis quand connaissiez-vous Hunt et Nudgett ?

— Oh ! douze ans environ. Nous nous étions rencontrés plusieurs fois sur les champs de courses, ils étaient déjà associés. Nous nous sommes très vite rendu compte que nous prenions tous trois des paris clandestins. D'abord, Joe a voulu me chasser, il a la tête assez près du bonnet, mais Davis a arrangé les choses. Il a été convenu que nous travaillerions en commun, lui s'occupant des Blancs, Joe des Noirs et moi des Mexicains.

— Pourquoi se sont-ils montrés si conciliants ?

— Parce qu'aucun des deux ne parlait espagnol et cette clientèle leur échappait de toute façon ; en échange, je cessai de m'intéresser aux Américains.

— Les affaires étaient bonnes ?

— Plutôt, jusqu'au jour où, sur l'hippodrome de San Diego, nous avons failli nous faire piquer par la police. J'ai eu vraiment peur et j'ai décidé d'arrêter. Ma mère n'est plus jeune, elle mourrait si elle apprenait que je suis en prison.

— Ne forcez pas sur les clichés populistes, Miguel.

— C'est vrai, *señora*, je vous le jure. C'est elle qui a fait l'apéritif que je vous ai servi.

— Ce n'est pas ça qui me dissuadera d'envoyer son fils en prison, au risque de provoquer la mort de cette pauvre femme. C'est franchement imbuvable.

Il parut plus offensé de cette critique que de tout ce que j'avais pu lui dire jusqu'à présent. Ces Mexicains sont étranges, ils tiennent toutes les femmes pour des putains et vénèrent leurs mères ; elles n'ont pourtant pas conçu leur marmot à l'imitation de la Sainte Vierge !

— Bon, repris-je, vous avez donc changé de racket. Alors ?

— Pas du tout, *señora*, j'ai eu peur de la prison, comme je vous l'ai dit, et j'ai décidé de devenir honnête.

— Espérez-vous réellement me faire croire ça ? C'est un peu comme si Billy me promettait d'être sage toute une journée.

— C'est la vérité, je suis prêt à le jurer sur les lèvres de la *Virgen de Guadalupe* !

— Laissez la Madone en paix. Vous avez donc changé de racket.

— Si vous refusez de me croire, ça ne sert à rien que je parle. J'ai été engagé comme péon, à *Los Dudes*, il y a plus de neuf ans, et j'y ai toujours travaillé depuis. Tout le monde ici sait que je suis honnête ; on n'a jamais rien eu à me reprocher.

— Même il y a deux ans ?

Il tressaillit.

— Comment cela, il y a deux ans ?

— C'est à ce moment-là que Davis Hunt est venu passer la journée à San Bernardino avec un vieil ami, vous, Miguel, et qu'il a cru trouver le moyen de devenir riche. C'était en mai, n'est-ce pas ?

Il eut un geste d'impuissance.

— Si vous savez tout, *señora*, pourquoi m'interroger ?

— Il me manque encore quelques détails et je compte sur vous pour me les apprendre.

— Vous allez m'arrêter ?

— Uniquement si vous avez une responsabilité directe dans le meurtre de Hunt.

— Comment, meurtre ? Je ne comprends pas. C'est vous qui l'avez abattu alors qu'il attaquait le petit, s'étonna-t-il.

— Ne jouez pas au plus fin avec moi, Miguel, vous savez parfaitement bien que Davis n'en voulait pas à Billy. Il s'agissait d'une affaire de chantage.

— Ah ! c'est donc ça. Il faut me croire, *señora*, j'en sais beaucoup moins que vous ne le croyez et je n'ai plus eu aucun contact avec lui depuis sa visite. Quand le patron a reçu cette lettre de menaces, je n'ai pas pensé un instant à Davis et j'ai été sidéré lorsque je l'ai vu apparaître devant nous l'autre jour. Pour parler franchement, j'ai plutôt été soulagé qu'il soit mort.

— Ainsi, il n'est pas là pour vous contredire. Je suis beaucoup moins sûre que vous de votre innocence dans cette affaire. Hunt a été tué parce que la lettre a fait croire qu'une menace planait sur Billy. Or, cette lettre a été tapée par quelqu'un du ranch sur la vieille machine remisée dans le débarras du grenier à foin.

— Mais... alors... on lui tendait un piège !

Miguel paraissait sincèrement stupéfait. Jusqu'à quel point ne jouait-il pas la comédie ?

— Exact, il s'agit bel et bien d'un assassinat et vous aurez du mal à me convaincre que vous n'y êtes pour rien. Vous êtes même le suspect numéro un. Qui a introduit Hunt au ranch ? Qui l'a prévenu que Mat et le gosse se rendaient à Cable Canyon ? Qui lui a fait savoir que nous allions au musée ? Qui, sinon son vieil ami José, ou tel autre nom qu'il vous plaira ?

Je bluffais, naturellement, je savais qu'il n'avait pu communiquer avec Hunt la dernière fois, mais il ne pouvait s'en douter et je vis la peur apparaître sur son visage. Cette fois, il se sentait coincé.

— Davis n'avait pas repris contact avec moi depuis sa libération, je le jure sur la tête de ma mère. Je crois qu'il avait décidé de me doubler.

— C'est aussi ce que prétend Joe Nudgett ; c'est possible, comme il est possible que vous mentiez. Alors, si vous voulez sauver votre peau, Miguel, je vous conseille de tout me dire. Sinon, je vous colle une inculpation de meurtre avec préméditation ; le shérif Blatney et la famille Spencer seront ravis de trouver un bouc émissaire.

— Vous savez que je n'y suis pour rien ! s'écria-t-il, au bord de la panique.

— Je n'en suis pas tellement sûre, votre silence devant le corps de Hunt vous accuse. Si vous m'aviez parlé à ce moment-là, je vous aurais fait confiance.

— J'ai été lâche, *señora*, je me suis dit que personne n'établirait un lien entre lui et moi. J'avais tort.

— Venons-en maintenant à la visite que Davis vous a faite, il y a un peu plus de deux ans. Vous étiez resté en relation avec lui ?

— Pas vraiment, il nous arrivait encore de nous rencontrer sur un champ de courses, par hasard. Moi, j'y allais seulement pour jouer. Il savait que je travaillais ici et je lui avais offert de venir passer un dimanche avec moi. Il a accepté, mais il s'est bien écoulé trois ans entre mon invitation et sa venue.

— Et c'est ce jour-là qu'il a fait une découverte qui devait lui rapporter gros ?

— C'est cela ; inutile de me demander ce qu'il a découvert, *señora*, je n'ai pas compris. J'y ai assisté et je n'ai pas compris.

— Vous y avez assisté ! Voilà enfin la première chose intéressante que je vous entends dire, Miguel. Nous allons peut-être arriver à nous entendre.

— Comment cela ?

— Une fois que je connaîtrai le motif du chantage, l'affaire sera terminée.

— Mais je ne le connais pas, Davis ne m'a rien dit !

— Là, je vous crois.

— Que ferez-vous de moi si je vous dis tout ?

— Si vous n'avez rien à voir avec le meurtre, je vous donnerai une heure pour décamper.

— Ça me va. La femme de Davis habitait Riverside à l'époque et il allait la voir de temps en temps ; le moins souvent possible, à ce que j'ai compris.

— Oui, ils ont divorcé depuis.

— Un soir, il m'a téléphoné qu'il passait le week-end chez elle et il m'a demandé si mon invitation tenait toujours, histoire de se tirer des pieds. Ce jour-là, il faisait une chaleur étouffante ; je n'ai pas l'air conditionné comme à l'hacienda. J'ai fait faire un tour à Davis ; au bord de la piscine, il y avait Dixie, Kate et Lizbeth. Il les a longuement observées de loin, sans s'approcher ; je lui ai proposé d'aller auprès d'elles, je lui ai même dit que Dixie le trouverait peut-être à son goût. « Je sais », m'a-t-il répondu.

— Vous ignoriez qu'il l'avait connue ?

— Complètement, j'ai été très surpris. Il a ajouté que c'était une baiseuse de première, mais qu'elle s'était trop foutue de lui et qu'il ne voulait pas la revoir. Il m'a demandé comment elle s'entendait avec son mari et je lui ai appris le départ de John Spencer, dix ans plus tôt. Il n'en revenait pas.

— Il ignorait donc tout de la situation de la famille Spencer ?

— Tout, j'en suis sûr.

— Bon, ensuite ?

— Eh bien, je lui ai fait visiter les écuries et je lui ai montré la collection d'armes du patron.

— A-t-il vu Billy ?

— Non, le *señ*or Mat l'avait emmené passer la journée à la plage. Je crois me souvenir qu'aucune des femmes n'avait voulu les accompagner.

Ainsi, Hunt n'avait même pas vu Billy ! Au temps pour moi...

— Qu'avez-vous fait ensuite ?

— J'ai fait un peu visiter le ranch à Davis, je lui ai montré un ou deux canyons puis je l'ai conduit au musée du patron.

— Intéressant. Bon, venons-en maintenant au pique-nique.

— Comment êtes-vous au courant, *señora* ?

— Aucune importance, continuez.

— Une fois de retour, comme il faisait toujours trop chaud chez moi, je lui ai proposé d'aller manger en forêt ; il y a des endroits assez aérés. Je croyais pourtant avoir pris suffisamment de bière, mais la chaleur était telle que nous nous sommes bientôt trouvés à sec. Au lieu de revenir au ranch, dont nous nous étions pas mal éloignés, nous sommes allés dans une maison isolée dans la forêt.

— Chez les Thorne ?

— Décidément, *señora*, vous savez tout.

— Vous les connaissiez ?

— Oui, un peu, deux ou trois fois j'y étais allé récupérer Billy, le gamin y est tout le temps fourré. Sinon, ce sont de véritables sauvages, ils ne vont jamais en ville et ne voient personne en dehors du patron et de Lizbeth. Nous sommes donc allés chez eux, Mrs Thorne nous a bien reçus et ils ont même trinqué avec nous. Davis a tenté de parler à l'Idiot — c'est le mari que nous nommons ainsi, en vain évidemment. Puis nous sommes repartis. Davis est resté songeur un bon moment avant de me déclarer qu'il avait trouvé le moyen de gagner un gros paquet. Je lui ai dit : « Hé ! tu ne vas pas m'attirer des histoires ? » Il m'a répondu qu'il ne ferait rien avant trois ou quatre mois ; j'ai eu beau le presser de questions, il n'a rien lâché d'autre. Tout ce que j'aurais à faire, m'a-t-il dit, serait de la boucler et je toucherais ma part. Je n'ai plus jamais entendu parler de lui, je vous le jure.

— Inutile de jurer, Miguel, je vous crois. Maintenant tout est clair. Au fait, n'avez-vous pas oublié un détail ?

— Vous savez même ça ! Eh bien, oui, Davis a piqué un verre chez les Thorne. Je l'ai vu faire, il a posé son mouchoir dessus et l'a glissé dans le sac du pique-nique. En partant, le soir, il l'a emporté avec lui.

— Qui avait bu dans ce verre ?

— L'Idiot.

16

Je laissai Miguel ; je lui avais donné une heure pour disparaître.

Une fois dehors, la nuit me surprit par sa densité ; je m'éloignai à pas lents. Je n'avais pas voulu paraître surprise devant le Mexicain, pourtant ses révélations m'avaient abasourdie. Ainsi, c'était une rencontre avec Clay Thorne qui avait été le point de départ de cette affaire ! Une seule explication me semblait désormais possible et elle supposait une gigantesque conspiration de la famille Spencer tout entière...

Davis Hunt avait connu Dixie Brown et John Spencer à l'université ; pendant onze ans, il perd tout contact avec eux. Lors de sa visite à *Los Dudes*, il y a un peu plus de deux ans, il aperçoit Dixie et apprend que John l'a quittée pendant sa grossesse. Ensuite, il se rend par hasard chez les Thorne et s'intéresse à l'homme au point de lui voler un verre portant ses empreintes digitales. Dans quel but, j'avoue que je vois encore mal la réponse à cette question. En revanche, les actes de Davis et sa certitude de pouvoir toucher une grosse somme ne peuvent s'expliquer que d'une seule façon : derrière la barbe et le crâne rasé de Clay Thorne, il a reconnu son ancien condisciple John Spencer.

Cela paraît fou. Pourtant, il n'y a pas d'autre explication possible : Clay et John ne font qu'un. Mrs Thorne, qui est cette femme, au fait ? Mrs Thorne m'a menti lorsqu'elle m'a affirmé que l'accident survenu à son « mari » s'était produit bien avant le « départ » de John. Comment cette supercherie avait-elle pu durer si longtemps sans être découverte ? Il est vrai que tout le personnel du ranch avait été renouvelé depuis ce fameux départ. Miguel, Juanita, sa sœur : personne n'avait connu John, même le shérif Blatney n'était en poste que depuis neuf ans, comme par hasard. Sans doute d'autres personnes en ville, qui auraient risqué d'identifier son fils, avaient-elles été remplacées grâce à la puissance de Mat Spencer. Davis Hunt, lui, avait reçu le prix de son chantage sous forme d'une décharge de plomb. Seule la famille savait, unie dans cette gigantesque imposture ; ils m'avaient tous menti, même la droite Lizbeth, même Dixie qui semblait pourtant s'exprimer avec tant de franchise. Sans parler de l'étrange Mrs Thorne.

Mais pourquoi, bon sang ?

J'eus soudain envie de revoir les photos de John dans l'album de Liz. Toute la famille devait être rassemblée devant la télévision à cette heure... « Nous sommes une famille si unie depuis le départ de John », m'avait dit Lizbeth ; tu parles, unie dans le mensonge, oui ! Je ne tenais pas à signaler mon retour, aussi j'escaladai le mur arrière de l'hacienda comme je l'avais fait quelques jours auparavant avec

Billy. Parvenue sur la terrasse, je me glissai sans bruit jusqu'à ma chambre et, de là, à celle de Lizbeth. L'album de photos n'était pas caché, elle le gardait dans le premier tiroir de sa commode. Je l'examinai page à page. On y voyait abondamment John enfant, adolescent puis jeune homme jusqu'à son mariage. Il était le plus souvent en compagnie de son père ou de Mrs Thorne. Je regardai attentivement les clichés du mariage qui étaient plus récents ; Davis avait raison, Dixie n'avait pas tellement changé, elle était réellement belle en mariée, dans le genre belle brune épanouie, c'était vraiment la fille du Sud. John, imberbe et doté d'une belle chevelure bouclée, n'avait réellement aucun rapport avec Clay Thorne, j'étais pourtant certaine d'être dans le vrai. Je me glissai dans la chambre de Billy et y pris deux tubes de gouache. Je choisis un portrait de John, effaçai ses cheveux avec du blanc, et lui ajoutai barbe et moustache avec de la gouache noire : le visage de Clay Thorne apparut enfin. Je glissai cette photographie dans mon sac et remis un peu d'ordre.

Avant de ranger l'album, un doute me prit et je le repassai rapidement en revue. Il commençait avec de vieilles photos jaunies où l'on voyait Mat en compagnie d'une jeune femme habillée à la mode des années quarante. Je retournai un des clichés : oui, il s'agissait de l'épouse de Mat qui était morte lorsque John avait six ans, si je me souvenais bien. On la voyait ensuite avec Gavin bébé dans ses bras, puis avec ses deux fils. Dans les pages suivantes de l'album, elle était remplacée par Mrs Thorne ; les gamins avaient grandi. Lizbeth apparaissait ensuite dans les bras de Mat ou de Mrs Thorne... Cette fois, mon doute se transforma en certitude ; où donc était Maybelle McCrea, la mère de Liz, intendante de *Los Dudes*, maîtresse de Mat, la femme qui était supposée avoir élevé Gavin et John ? Sur toutes les épreuves, ce rôle était manifestement tenu par Mrs Thorne...

Je remis l'album à sa place, j'avais désormais deux des réponses : les époux Thorne n'étaient autres que John Spencer et Maybelle McCrea. Il m'en manquait encore au moins une autre, et de taille : pourquoi, bon sang, pourquoi ? C'était fou...

Des hurlements me firent sursauter, Billy avait encore dû faire des siennes. Je sortis rapidement de la chambre de Liz juste à temps pour la voir courir dans l'escalier derrière le gamin. Elle le rattrapa avant d'arriver à l'étage et le ramena en bas sans ménagement en lui criant qu'il allait devoir s'excuser auprès de sa tante Kate. Je regagnai ma chambre, me déshabillai et passai sous la douche. Tant pis, je ne mangerais pas ce soir ; je ne tenais nullement à me trouver en présence de ces gens.

Quand je sortis de la salle de bains, je vis Lizbeth qui m'attendait, le visage crispé.

— Que faisais-tu dans ma chambre ? me demanda-t-elle agressivement.

Un instant, je songeai à nier, après tout, elle n'avait pu que m'entr'apercevoir, puis je résolus de dire la vérité pour voir quelle serait sa réaction.

— J'ai jeté un coup d'œil à ton album de photos. C'était très intéressant, passionnant même.

— Tu fouines toujours, n'est-ce pas ?

— J'essaie de comprendre, c'est tout.

— Je croyais que tu avais trouvé ton coupable avec Miguel et que tu devais l'arrêter.

— J'y ai renoncé. Il semble n'avoir joué aucun rôle dans cette affaire, sinon introduire Davis Hunt au ranch un dimanche, il y a un peu plus de deux ans. C'est du moins ce qu'il m'a affirmé.

— Et tu l'as cru ?

— Oui, je l'ai cru.

— Tu fais confiance à un ancien truand — c'est toi qui m'as révélé qu'il l'était — et pas aux membres de ma famille, c'est bien ça ?

— Pas exactement, disons qu'il m'est plus facile de me rendre compte si Miguel ment ou pas, ses mobiles sont clairs. Ici, vous vivez tous depuis si longtemps dans le mensonge...

— Que veux-tu dire ?

— Je parle de John, évidemment.

Je ne pus continuer, Liz s'était enfuie de ma chambre, en larmes. Pauvre Lizzy, j'étais sûre qu'elle avait tout compris maintenant, même ce que j'ignorais encore. Ce secret, trop lourd pour elle, l'étouffait, la détruisait de l'intérieur ; c'était tout son univers qui s'écroulait. Tout à l'heure, lorsque je lui avais montré la photo de Miguel en compagnie de Hunt, j'avais bien senti qu'elle n'envisageait pas sérieusement la culpabilité du Mexicain. Lizbeth connaissait désormais le nom du meurtrier qui se cachait au sein de ses proches et cette découverte la rongeait comme un cancer.

Pauvre petite Liz, elle ne méritait pas ça.

Un instant, j'eus la tentation d'abandonner, de laisser ces gens à leurs mensonges et à leur existence en vase clos. Après tout, comme elle me l'avait dit, qu'importait la vie d'un maître chanteur ? Seul son copain Happy le regrettait ; même sa mère ne le pleurait pas. Je pouvais même oublier qu'on m'avait tiré dessus et je crois que si Mat ne m'avait pas donné cette prime de dix mille dollars, je serais partie. Mais je ne pouvais accepter l'idée d'avoir été payée pour commettre un meurtre. Tant pis pour Lizbeth ; je l'aimais bien, mais pas au point de me sentir mal dans ma peau.

Je passai une excellente nuit. Au matin, j'allai

prendre mon petit déjeuner dans la salle commune. Mat pestait parce que Miguel restait introuvable.

— Il est parti, Mat, lui dis-je.

— Comment ça, parti ?

— C'était lui, le complice de Hunt.

— Quoi ! Miguel ? C'est absurde, je réponds de lui comme de moi-même. Vous vous êtes fourvoyée.

Je lui tendis la photo trouvée chez Hunt.

— Celui du milieu est Davis Hunt, précisai-je. Le Mexicain est un nommé José, mais je crois que vous le connaissez sous un autre nom.

Le mot surprise serait faible pour décrire l'ahurissement de Mat Spencer. Il appela Gavin et Lizbeth pour leur montrer la photographie et les prendre à témoin ; il jura deux ou trois fois, puis s'assit lourdement.

— Si je ne voyais pas ce cliché, je refuserais de vous croire, Carol, et même ainsi je ne parviens pas à admettre... Cela faisait bien neuf ans que ce garçon travaillait au ranch et j'avais pleinement confiance en lui. Jamais je ne me serais douté... Etes-vous réellement sûre qu'il entretenait des rapports avec ce Hunt ? Après tout, cette photo est ancienne.

— Pourquoi serait-il parti, alors ?

— Oui, bien sûr, pourtant je n'arrive pas à y croire. D'autant que Miguel avait de l'affection pour Billy, il ne se serait pas rendu complice d'une mauvaise action contre lui.

— Peut-être avait-il une autre idée.

— Que voulez-vous dire ?

Je n'insistai pas, d'autant que je sentais le regard inquiet de Lizbeth rivé sur moi.

— Rien de spécial, répondis-je. Pour moi, l'affaire est terminée. Je vais faire mon rapport au shérif Blatney et je compte repartir pour L.A. en fin de soirée. Serez-vous là, Mat ?

— Je rentrerai assez tard, je vais passer en revue notre troupeau de jeunes chevaux ; c'était l'une des tâches de Miguel et maintenant qu'il n'est plus là, il faut que je reprenne les choses en main.

— Alors, à tout à l'heure.

J'adressai un signe de la main à Mat et me dirigeai vers la porte ; au moment où j'allais la franchir, des cris en provenance de la chambre de Dixie m'apprirent que Billy était réveillé et avait décidé de commencer sa journée en s'attaquant à sa mère.

Blatney n'était pas encore arrivé, me dit-on à son bureau. J'allai prendre un second petit déjeuner dans un *coffee shop* voisin. Après tout, j'avais un repas de retard. Il me fallut attendre une bonne demi-heure avant de voir apparaître la voiture du shérif ; le travail de la police n'était pas trop absorbant à San Bernardino ! Je traversai la rue et allai directement à son bureau ; il avait dû être prévenu de mon précédent passage, car il ne parut pas autrement surpris de me voir à une heure aussi matinale.

— Du nouveau ? me demanda-t-il.

— Je viens prendre congé, shérif, je compte rentrer à Los Angeles ce soir.

— Vous abandonnez l'affaire ?

Il paraissait à la fois surpris et soulagé.

— Pas exactement. Je suis d'abord venue vous mettre au courant, à titre officieux, bien entendu. J'ai découvert le secret de la famille Spencer.

— Je ne suis pas certain de vouloir le connaître, Miss Evans.

— Préférez-vous que je vous fasse un rapport officiel ?

— C'est bon, je vous écoute.

Je tirai de mon sac le portrait gouaché de John Spencer et le lui tendis.

— Connaissez-vous cet homme, shérif ?

— Qu'avez-vous fait à cette photo ? Attendez, il me semble... Oui, n'est-ce pas un dénommé Thorne, un ancien employé de Mat qui est à moitié idiot ?

— Oui, que savez-vous d'autre sur lui ?

— Pas grand-chose, il vit avec sa femme dans un ancien pavillon de chasse de Mat, je crois. Spencer a dû m'y conduire une fois, il y a déjà quelques années. Je m'étais d'ailleurs demandé...

Je ne saurai jamais ce que le shérif s'était demandé ; à dire vrai, il avait dû le faire discrètement et à voix basse.

— Il nous faut revenir en arrière, commençai-je. Tout a commencé avec la disparition de John Spencer. Je dis bien *disparition* et non départ.

— Vous voulez dire qu'il a été assassiné ?

— Pas exactement. Si vous lavez à grande eau la photo que je vous ai remise, vous verrez apparaître le visage de John sous l'apparence de Clay Thorne.

— Quoi ! Vous voudriez dire ?...

— Exactement. John a reçu un tel coup sur la tête, à la tempe pour être précis, qu'il est resté idiot pour le restant de ses jours. On a alors répandu le bruit de son départ et le « ménage » Thorne s'est installé dans la forêt.

— Pourquoi ?

— C'est la seule question à laquelle je ne puis répondre.

— Alors qui ?

— Très certainement son père. Mat a reconnu être responsable de l'accident survenu au faux Thorne ; cet aveu doit également être valable pour John.

— Vous venez de parler d'accident.

— C'est ce que prétend Mat ; pourquoi aurait-il alors caché son fils et inventé cette histoire de départ ? Je doute fort qu'il se soit agi d'un accident, même si Mrs Thorne l'affirme également.

— Qui est cette femme ? Une infirmière ?

— Pas du tout, c'est beaucoup plus étonnant que ça. Je l'ai découvert hier soir en consultant un vieil album de photos. Il s'agit de Maybelle McCrea, ancienne maîtresse de Mat et mère de Lizbeth ; c'est elle qui a élevé le jeune John à la mort de sa mère.

— Mrs McCrea, par exemple ! Mon prédécesseur m'avait parlé d'elle, c'était une maîtresse femme, à ce qu'il paraît.

— Eh oui, votre prédécesseur ; comme par hasard, beaucoup de gens ont changé de place après le « départ » de John. Au ranch, il est impossible de trouver un seul employé qui l'ait connu.

— Maintenant que vous m'y faites penser, le Dr Sweeney, qui soignait les Spencer autrefois, a pu s'acheter une clinique dans le nord de l'Etat, il y a environ dix ans. Il se trouve que c'était aussi le médecin de notre famille et je m'étais toujours demandé comment il avait pu y parvenir, car il n'était pas riche.

— Ne cherchez plus, il a bien fallu acheter le silence du médecin qui a soigné John après son « accident ».

— Je commence à vous croire, Miss Evans. C'est vraiment extraordinaire, cette histoire !

— Heureuse de vous intéresser, shérif. La situation est effectivement assez extraordinaire, puisque le fils Spencer vit avec l'ancienne maîtresse de son père dans une cabane au fond des bois, tandis que Mat couche avec sa belle-fille, au ranch même, lorsque l'envie lui en prend. Pas mal, non ?

— C'est dingue, je vous l'accorde. Toutefois je vous ferai observer que rien dans tout ça ne tombe sous le coup de la loi. Après tout, ces gens sont adultes et peuvent vivre comme ils l'entendent.

— Tout à fait exact. Mais j'aimerais comprendre le pourquoi de ce secret si jalousement gardé par toute la famille. Car ils savent tous, forcément, sauf Billy, bien sûr, et ils acceptent de vivre depuis dix ans dans le mensonge. C'est ahurissant.

— Vous pensez que Mat a blessé son fils intentionnellement ?

— Je ne sais que penser, sinon que je doute fort qu'il se soit agi d'un accident ordinaire. De toute façon, cette affaire est trop vieille et ne nous concerne pas directement. Après tout, il n'y a pas eu mort d'homme. En revanche, il y a eu meurtre cette fois-ci, même si techniquement cela n'est pas prouvable, comme vous me l'avez fait remarquer. Acceptez-vous que je vous explique l'enchaînement des faits ?

— Allez-y ; au point où j'en suis...

— Davis Hunt était un ancien camarade d'université de John Spencer et avait été l'amant de Dixie avant son mariage. Il connaissait également Miguel, le contremaître en second du ranch.

— Comment cela ?

— Hunt avait été chassé de l'université pour vol ; il avait alors vécu d'expédients et c'est en prenant des paris clandestins sur des champs de courses qu'il avait fait connaissance du Mexicain. Miguel n'était pas resté longtemps associé avec Davis et l'avait quitté pour venir travailler à *Los Dudes* ; c'est en venant lui rendre visite, il y a un peu plus de deux ans, que Hunt a été mis en présence des époux Thorne. C'est alors qu'il a eu l'idée d'un chantage, mais il a attendu quatre mois avant de contacter sa victime, pour ne pas compromettre Miguel ; puis il a été arrêté et a dû attendre deux ans avant de pouvoir reprendre ses projets. Vous connaissez la suite.

— Oui. Qui faisait-il chanter ?

— Toutes les possibilités se réduisent finalement à une seule : Mat Spencer. C'est lui le chef de la tribu, et c'est certainement lui le responsable de la situation actuelle. Qui Hunt a-t-il contacté ? Nous en sommes réduits aux suppositions. Cela a pu être Mat lui-même, Dixie ou Mrs Thorne, c'est tout.

— Il semblerait logique que ce type se soit adressé à Dixie en premier puisqu'il la connaissait et que John était son mari.

— C'est possible, mais qu'aura-t-elle fait ? Elle n'est certainement responsable ni de l'état de John ni de son mode de vie actuel, seul Mat Spencer pouvait lui attribuer cette maison dans la forêt et décider son ancienne intendante à vivre avec lui. Par ailleurs, Dixie n'a pas d'argent en propre ; si donc Davis Hunt s'est adressé à elle, elle aura tout simplement remis l'affaire entre les mains de Mat. Même chose s'il a contacté Mrs Thorne qui reste au service de Mat bien que son emploi ait changé.

— Donc, pour vous, le coupable est Mat Spencer ?

— C'est la seule solution logique. En tout cas, Mat est le coupable principal.

— Ce genre de logique me conduit droit au chômage, Miss Evans, c'est là un aspect de la question que je suis forcé de considérer.

— Je vous ai demandé un entretien privé, shérif, pas autre chose. Je comprends votre situation.

— Une chose encore, on vous a tiré dessus puis blessé le petit. Dans votre théorie, ce ne peut être Hunt puisqu'il ne s'intéressait nullement au gosse, mais ça ne peut pas être Mat non plus.

— J'y ai pensé. Je suis persuadée que le tireur nous a volontairement ratés. Capable de briser un de mes phares, c'est à peine s'il a pu toucher l'arrière de la carrosserie de Mat. Non, tout cela n'était que mise en scène, rien d'autre. Quant à la petite blessure de Billy, elle résulte d'un ricochet malheureux. Mat a eu un complice, bien entendu, c'est pourquoi je parlais de coupable principal. Probablement Gavin ou Mrs Thorne, les trois autres femmes étant avec moi au bord de la piscine lors du second attentat. Cela explique également qu'on ait pu tendre une embuscade à Mat Spencer sur un parcours improvisé, puisqu'il avait tout arrangé à l'avance ; c'est lui aussi qui a fixé rendez-vous à Davis Hunt près du musée, il était certain que l'autre s'affolerait en nous voyant arriver à plusieurs et il comptait bien que je l'abattrais. Il m'avait payée pour cela.

— Hunt a pourtant cherché à attraper Billy.

— Je crois qu'il a voulu le prendre en otage, pour se tirer du guêpier, c'est tout ; le cran de sûreté de son arme n'était même pas ôté.

— Oui, il est possible que les choses se soient passées ainsi. Alors, qu'allez-vous faire ?

— Tenez-vous vraiment à le savoir, shérif ?

Blatney réfléchit un moment, se gratta le sommet du crâne puis, malgré l'heure matinale, tira une flasque de whisky et en but une rasade au goulot. Il s'essuya la bouche d'un revers de la main et son regard se posa longuement sur le mien comme s'il espérait ainsi pouvoir deviner mes intentions.

— Finalement, je préfère ne rien savoir, Miss Evans. Méfiez-vous, je ne pourrai vous couvrir que dans des limites assez étroites, particulièrement si Mat Spencer est toujours là pour me demander des comptes.

— Et si par hasard il venait à se suicider ou s'il lui arrivait un accident ?

Il y eut à nouveau un assez long silence.

— Je vous conseille de ne pas rater votre coup.

— Je vous remercie, shérif, dis-je en me levant, se savoir soutenue est un réconfort moral. C'est toujours ce que l'on nous disait au service : si vous êtes pris, nous ne vous connaissons plus. Cela ne me change donc pas beaucoup.

— Vous êtes une femme étonnante, Miss Evans, non que je souhaite qu'il y en ait beaucoup comme vous, mais vous êtes étonnante quand même. Ils m'avaient parlé de vous à Los Angeles et je croyais qu'ils avaient exagéré pour impressionner le pauvre petit flic de province que je suis, mais non, vous êtes quelqu'un.

— Merci, shérif. Je vous ferai déposer demain mon étoile et l'arme de service que vous m'aviez remises.

Après avoir quitté Blatney, je me sentis un peu désorientée. Il était encore tôt dans la matinée et Mat ne rentrerait pas au ranch avant la nuit. Je n'avais nulle envie de supporter un jour de plus l'ivresse de Dixie, les jérémiades de Kate ou les farces stupides de Billy. Surtout, je ne tenais pas à me trouver en présence de Lizbeth dont le regard angoissé serait un reproche constant. Etait-ce ma faute si son père était un assassin ?

Je restai un moment à réfléchir, abritée du soleil sous un palmier planté en face des bureaux du shérif. Finalement, je décidai de terminer mon séjour dans cette région comme je l'avais commencé, par une journée de détente passée sur les bords du lac Arrowhead. J'allai reprendre ma Cadillac au parking et rejoignis Rim of the World, cette route sinueuse au bord de laquelle j'avais découvert Billy. Waterman Canyon offrait des échappées fulgurantes sur la montagne dont les premiers contreforts étaient recouverts de pins. Plus haut, c'était la roche nue, brûlée par la neige qui s'y accumulait tout l'hiver.

Au lac Arrowhead, je m'arrêtai d'abord au village pour prendre un lunch rapide. Ensuite, j'allai faire un tour à la plage publique de Village Point. L'eau est trop froide à cette saison pour songer à se baigner, car s'il fait encore chaud dans la journée, les nuits sont déjà glacées ; je m'assis sur un banc et regardai les voiliers du yatch-club voisin. Souvent, avant de partir en opération au Viêt-nam, je...

Non, je ne dois pas laisser mon esprit prendre cette direction, je me le suis promis il y a près de trois mois et, jusqu'à présent, j'ai tenu. Reprenons. Souvent, avant de partir en mission, je passais ainsi une journée à ne rien faire, à observer la vie quotidienne des gens normaux. J'essayais alors de faire le vide dans ma tête, de ne plus penser à rien, de devenir totalement passive, objet, esquif se laissant dériver au fil du courant.

Maintenant je regarde les voiles blanches des bateaux, j'écoute les rires des enfants, j'observe deux amoureux qui échangent leurs premiers baisers. Je suis calme, je suis bien, je suis en paix avec moi-même. Dans quelques heures, je tuerai un homme.

17

Liz m'attendait.

Elle était seule dans le living. Ses traits étaient tirés. Elle avait encore dû pleurer.

— Qu'es-tu revenue faire exactement ? me demanda-t-elle, dès qu'elle m'aperçut.

— Faire mes adieux à Mat, je te l'ai dit.

— Je ne te crois pas, je te connais, tu n'abandonnes pas si facilement. Je suis sûre que tu as une autre idée en tête.

— Vraiment ? Laquelle ?

— Je crois que tu veux te venger de nous.

— Me venger ? Quelle expression étrange, tout le monde s'est montré amical ici avec moi et Mat m'a même donné beaucoup d'argent. De quoi crois-tu que je veuille me venger ?

— C'est justement ça, cet argent que Mat t'a donné...

— Eh bien ?

— Tu sais très bien ce que je veux dire.

— Oui, je le sais. Tu veux dire que Davis Hunt n'a jamais eu de complice au ranch, que c'est Mat lui-même qui lui a fixé un rendez-vous là où je l'ai abattu et qu'il m'avait payée pour le faire, n'est-ce pas ?

— Et quand bien même ce serait vrai, que sais-tu des raisons qui pouvaient pousser Mat à agir ainsi ?

— Je les connais en grande partie.

— En partie seulement.

— Ce que j'ignore, je pourrai toujours le demander à Mrs Thorne, c'est-à-dire à ta mère, Liz. Tu m'as trompée comme les autres.

— Je me suis doutée que tu avais compris quand je t'ai surprise en train de fouiner dans mes photos.

— Je t'ai déjà dit que je n'aimais pas le terme fouiner, je les regardais, voilà tout. On y voyait beaucoup trop souvent Mrs Thorne et pas du tout Maybelle McCrea ; tu as commis une imprudence en me montrant cet album.

— Je sais, je m'en suis rendu compte après ; sur le moment je n'ai pas réfléchi, j'étais tellement contente de te prouver que tu faisais fausse route à propos de Dixie. Tout est ma faute.

— Non, j'aurais compris de toute manière, tu

n'as aucun remords à avoir. Miguel savait que l'idée du chantage était venue à Davis en rencontrant Clay Thorne ; à partir de là tout devenait clair, ce malheureux ne pouvait être que John Spencer et l'identité de sa pseudo-épouse n'avait qu'une importance secondaire. Je cherchais une confirmation dans tes photos, pas autre chose. La voilà, ajoutai-je en lui montrant le portrait maquillé de John.

— Quelle horreur ! s'écria-t-elle.

— Il ne me restait plus qu'une chose à découvrir : qui Hunt voulait-il faire chanter ? L'examen de toutes les solutions possibles ramenait toujours à Mat. Je suppose que tu as fait le même raisonnement, à moins que tu n'aies été au courant depuis le début ?

— Non, je ne l'étais pas et j'aurais cent fois préféré ne l'être jamais. C'est toi qui as tout gâché, tout détruit. Mon père est un vieil homme maintenant, je n'ai pas à juger ses actes, mais je ne veux pas qu'il aille en prison, qu'il soit condamné même légèrement. Son cœur est usé, il ne le supporterait pas. Je saurai t'en empêcher.

— Vraiment ? Et comment comptes-tu t'y prendre ?

J'avais remarqué un poignard posé sur la table basse près de la lampe à pétrole, il ne s'y trouvait pas auparavant. Je ne fus pas surprise de voir Liz le ramasser brusquement et se précipiter sur moi. Sa tentative était tellement dérisoire, tellement vouée à l'échec que je me mis à rire tandis qu'elle levait son arme. Elle s'arrêta un instant, interdite, puis tenta de me frapper ; je n'eus aucune peine à saisir son poignet et à dévier le coup. Une simple torsion et l'arme tomba de ses doigts. Après tout, elle me devait bien un dédommagement ; je la serrai contre moi et l'embrassai sur les lèvres. Quand je la lâchai, elle fit un bond en arrière comme si elle avait éte piquée par un serpent.

— Tu es folle !

Je me mis à rire de son air outragé. Elle eut encore le courage de m'affronter.

— Eh bien, il ne te reste plus qu'à m'arrêter. Je suppose que je me suis rendue coupable d'une tentative d'homicide sur une représentante de la loi.

— Tu vas prendre Billy avec toi et tu vas t'en aller, petite sotte. Conduis-le chez ta mère et reste avec eux, je veux pouvoir m'expliquer seule ici avec Mat et Dixie. Ils m'ont assez longtemps menti ; cette fois, je veux aller au fond des choses.

— Et les domestiques ? Et Gavin ? demanda-t-elle, domptée.

— Arrange-toi pour éloigner Juanita et sa sœur, mieux vaut qu'elles n'entendent pas ce que nous dirons, sinon tout le ranch le saura. Quant à Gavin et Kate, fais-leur dire que Mat va rentrer très tard et qu'on les enverra chercher.

— Je le ferai, mais promets-moi que tu ne tueras pas Mat.

— Voyons, Liz, je n'ai le droit de tuer personne à moins d'être attaquée.

— Ce n'est pas ça qui te retiendrait, je le sais. Et puis tu es toujours armée, tu as ce revolver dans ton sac, prêt à servir...

J'attrapai l'arme et l'étoile que m'avait remises Blatney et je les lui tendis.

— Je te les donne, comme ça j'espère que tu seras tranquille. Je te demande seulement de remettre le revolver demain au shérif ; quant à l'étoile, ce sera un cadeau pour mon copain Billy.

Elle prit le revolver et l'étoile de métal avec une sorte d'étonnement respectueux. Son regard croisa le mien une dernière fois, elle voulut me dire quelque chose, puis finit par y renoncer. Elle se dirigea vers la cuisine ; dix minutes plus tard, Liz partait, tenant le gamin par la main, et j'entendis bientôt le bruit de son cabriolet qui s'éloignait. Je fis soigneusement le tour de la maison ; elle était vide, à l'exception de Dixie qui dormait couchée en travers de son lit. Je flairai son haleine, elle empestait l'alcool.

Je redescendis dans le living et fermai à clef les portes qui donnaient sur la piscine et sur l'office. Ainsi on ne pouvait plus accéder à la pièce que par l'entrée principale, que Mat empruntait toujours, ou par l'escalier intérieur. Nul ne pourrait me surprendre par-derrière. Je préparai deux cocktails, un pour Mat et un pour moi. Après tout il est de tradition d'accorder un dernier verre au condamné à mort.

J'attendis près d'une heure son retour et je commençais à me demander si Liz n'avait pas réussi à l'avertir de mes intentions, lorsqu'il arriva enfin. Il ne se doutait de rien.

— J'ai cru que je n'en finirais jamais, me dit-il en se laissant tomber dans un fauteuil. J'ai passé en revue tous les chevaux ; Miguel s'en occupait bien, certes, mais il avait laissé passer pas mal de petites choses quand même.

Je lui tendis son cocktail sans répondre. Il but une grande rasade puis regarda autour de lui, surpris.

— C'est bien calme ici, où sont les autres ?

— Dixie dort dans sa chambre, Liz est partie conduire Billy chez les Thorne.

— Quelle idiote ! J'avais spécialement mis de côté un jeune poulain pour le gamin et je comptais le lui donner demain matin.

— Vous feriez n'importe quoi pour Billy, n'est-ce pas ?

— Naturellement, il est tout pour moi.

— Vous iriez jusqu'au meurtre, n'est-il pas vrai ?

Mat Spencer se rembrunit, il avait compris à mon ton que je ne badinais pas. Je crus qu'il allait se mettre en colère ; il se contint pourtant, et se contenta de me demander sèchement :

— Que voulez-vous dire ?

— C'est moi qui ai donné l'ordre à Lizbeth de se rendre chez les Thorne avec Billy ; c'est également moi qui ai fait dire à Kate et à Gavin d'attendre votre appel avant de venir ici pour le repas du soir.

— Vous ? Mais... pourquoi ?

— Parce que je voulais pouvoir parler tranquillement avec vous de l'assassinat de Davis Hunt et aussi de l'accident survenu autrefois à Clay Thorne, mais ne devrais-je pas dire plutôt à votre fils John Spencer ?

Son visage se décomposa, il porta la main à son cœur et se mit à tousser, je me demandai s'il simulait. Il saisit une boîte dans sa poche et prit deux pilules qu'il avala avec le reste du cocktail. Sa peau avait pris la couleur de la craie, pourtant, après quelques minutes, il fut à nouveau capable de me faire face.

— Ainsi, vous savez, murmura-t-il.

— Oui, Mat, je sais.

— Qui vous a dit ? Cette épave de Dixie ?

— Personne n'a parlé. Dixie a menti comme les autres, j'ai fini par comprendre toute seule. Voyez-vous, depuis le début, ce départ de John abandonnant sa jeune femme enceinte ne m'avait pas satisfaite. Quels que soient les griefs qu'un homme puisse avoir contre son épouse, il n'agit pas ainsi, à moins de savoir que l'enfant qu'elle porte n'est pas de lui. Je l'ai cru un moment, puis Liz m'a montré une photo de John que j'ai confondu avec Billy et j'ai compris que je faisais fausse route. Ce qui m'a ramenée à mon problème initial : pourquoi John était-il parti en laissant Dixie ?

— Comment avez-vous trouvé ?

— En cherchant le motif de Hunt, cela m'a mise sur la voie ; ensuite, l'examen de l'album de photos de Liz a achevé de me renseigner sur l'identité réelle de Mr et Mrs Thorne. Maintenant je veux savoir : que s'est-il passé ?

— Je ne vois pas ce que Hunt vient faire là-dedans.

— Nous parlerons de lui après, si vous le voulez bien. Comment John a-t-il été blessé et pourquoi vit-il ainsi sous un déguisement depuis dix ans ?

— Il est douloureux mais facile de répondre à votre première question, Miss Evans, il est plus difficile de le faire à la seconde. C'est moi qui ai blessé John, vous vous en doutez ; ce fut un accident, je vous le jure sur la tête de Billy. Nous nous disputions souvent, j'ai toujours été un père trop autoritaire, à l'ancienne mode. Gavin, qui n'a pas beaucoup de personnalité, l'accepte bien, mais John était un garçon brillant avec des idées personnelles. Il supportait très mal que je ne lui laisse pas la bride sur le cou. Un jour, c'était dans cette pièce, nous...

Sa voix se brisa sous l'empire de l'émotion ; il parut à nouveau sur le point de suffoquer et avala encore deux pilules.

— La situation s'était dégradée après son mariage ; Dixie ne lui convenait pas du tout, je l'en avais prévenu. Il m'a menacé de quitter le ranch si je cherchais encore à lui imposer ma volonté. Cette fois-là, j'ai eu le tort de céder. Nos relations ont encore empiré. Un jour, nous nous sommes disputés plus violemment qu'à l'ordinaire, c'était à propos de la conduite de Dixie, je crois, peu importe en fait, et je l'ai frappé. Il m'avait insulté, j'ai perdu le contrôle de moi-même et je l'ai giflé, c'était entièrement ma faute. Le malheur a voulu qu'en reculant il se prenne les pieds dans la table basse qui est là et tombe à la renverse. Sa tête a porté sur les chenets qui se trouvaient à l'époque dans la cheminée ; ils ont été enterrés depuis. C'était affreux, j'ai cru qu'il était mort, il y avait du sang partout...

Il s'arrêta encore, oppressé.

— Puis le médecin est arrivé et l'a hospitalisé dans une clinique privée dont je suis l'un des actionnaires. Tout cela s'est fait très discrètement. Le docteur m'a prévenu que, même si John en réchappait, il risquait de ne plus jamais être comme avant, car il y avait eu lésion cérébrale. J'ai fait courir le bruit de son départ pour nous donner le temps de voir venir.

— Jusque-là, je comprends ; mais pourquoi ne pas l'avoir repris ici une fois perdu tout espoir de le voir redevenir normal ?

Il eut un ample geste des bras.

— Oui, pourquoi ? L'orgueil, sans doute. Voyez-vous, Miss Evans, je n'ai pu supporter de voir sa déchéance révélée à tous. J'ai préféré qu'on le croie parti, toujours égal à lui-même. Et puis, soyons franc, le voir tous les jours comme un remords vivant... je n'aurais pu le supporter. Pour lui, cela ne changeait rien.

— Et toute votre famille a accepté de vivre dans ce mensonge ?

— Que pouvaient-ils faire d'autre ? Dixie aurait pu réclamer le droit de vivre auprès de John ; mais vous vous doutez qu'elle s'en est bien gardée. Elle l'avait épousé uniquement par intérêt et la perspective de passer le restant de ses jours en compagnie d'un infirme ne lui souriait guère. Aussi l'arrangement que j'ai proposé lui a parfaitement convenu.

— C'est Maybelle McCrea qui s'est dévouée...

— Dévouée, le mot n'est pas exact. May aimait John, elle a été sa véritable mère. D'un autre côté elle ne pouvait supporter Dixie. J'avais d'abord eu l'intention de confier John aux soins d'une infirmière, Maybelle ne l'a pas accepté et a exigé de s'occuper de lui elle-même. C'est elle qui a eu l'idée de créer la fiction du ménage Thorne pour mieux déjouer les curiosités. Entre-temps, au ranch, j'avais renouvelé tout le personnel et, en ville, je m'étais arrangé pour éloigner les personnes qui connaissaient trop bien John. Cela m'a coûté très cher, mais nul ne s'est rendu compte de la supercherie, du moins jusqu'à aujourd'hui. Je crois avoir ainsi permis à John de mener la vie la plus supportable possible. Et puis Billy pouvait avoir des contacts fréquents avec son père, même si tous deux ignoraient les liens qui les unissaient.

— Il y a une chose que je ne m'explique pas : pourquoi avoir prétendu ensuite que votre fils était mort ? Au début, vous aviez seulement annoncé son départ.

— J'étais prisonnier de mon personnage de père offensé, je l'ai joué jusqu'au bout en criant bien haut que John était mort pour moi, ainsi nul n'osait plus me parler de lui. Cela m'a évité bien des questions embarrassantes, mais vous ne pouvez savoir ce qu'il m'en a coûté de devoir agir de la sorte.

— Je crois avoir compris, Mr Spencer, et je n'ai pas à juger votre conduite ; vous avez fait ce que vous croyiez devoir faire. Malheureusement, il reste Davis Hunt.

— Comment cela ?

— Vous venez de me dire que votre secret n'avait pas été découvert jusqu'à aujourd'hui. Vous savez bien que c'est faux ; cela faisait maintenant deux ans que Hunt avait tout compris.

La réaction de Mat fut étrange. Un instant, il parut franchement surpris, puis il chassa volontairement toute expression de son visage. Il réfléchit longuement avant de me demander :

— Pourriez-vous préciser davantage, Miss Evans ?

— Allons, vous n'allez pas prétendre que vous ne le saviez pas ?

— Je ne dis rien de tel. J'aimerais seulement que vous me racontiez le rôle joué selon vous par Hunt.

Je ne voyais pas où il voulait en venir. Cherchait-il à gagner du temps parce qu'il attendait l'arrivée d'un secours ? Je jetai un coup d'œil rapide aux divers accès possibles, seule la porte de la piscine échappait à mon champ de vision, mais je l'avais verrouillée.

— Nous n'allons pas jouer au plus fin, Mat Spencer, je sais pratiquement tout maintenant.

— Je n'en doute pas, Miss Evans, je souhaite seulement vous entendre préciser les faits, c'est tout.

Il commençait à m'agacer ; cependant, je me contins.

— Hunt était venu au ranch passer une journée avec Miguel, son ex-associé. Au cours de l'après-midi, ils sont allés demander des rafraîchissements aux Thorne ; c'est alors que Davis Hunt a reconnu son ancien condisciple et a eu l'idée de son chantage.

— Comment, un chantage ?

— Ecoutez, Mat, je croyais que nous avions décidé de nous expliquer franchement. Vous n'allez pas essayer de prétendre maintenant que vous ignoriez que Hunt avait commencé à vous faire chanter il y a deux ans et qu'il a recommencé dès sa sortie de prison ?

— Je ne prétends rien de la sorte, Miss Evans.

— Alors, vous êtes d'accord ?

— Oui, je suis d'accord ; continuez, je vous en prie.

Je commençais à me sentir un peu perdue. Plus je parlais, plus j'avais l'impression qu'il ignorait tout de l'activité de maître chanteur de Davis Hunt. Pourtant, il ne protestait pas de son innocence ; c'était insensé à la fin ! Je repris :

— Bon, c'est donc il y a deux ans qu'a été écrite la lettre de menaces.

— Vous voulez parler de celle que nous venons de recevoir ?

— Naturellement, celle qui a été tapée sur la vieille machine du grenier à foin.

— Mais comment ce Hunt connaissait-il son existence ?

Mat s'était trahi ! Je m'étais trompée une fois de plus, quelqu'un s'était servi de lui comme de moi, et ses réponses évasives n'avaient d'autre but que de protéger cette personne. Une personne qui pourrait bien ne pas tarder à se manifester, puisque Liz avait eu le temps de prévenir tout le reste de la famille.

— Désolée, Mat, je vois que je vous accuse à tort. Cette lettre a été écrite par quelqu'un du ranch dans le but de faire abattre l'homme qui le faisait chanter. L'emprisonnement de Hunt a tout retardé et la lettre vient seulement de servir, comprenez-vous ?

— C'est moi qui ai écrit cette lettre, Miss Evans, ne vous y trompez pas.

— Est-ce vous également, Mat, qui avez fait venir Davis Hunt à votre musée afin que je puisse l'y abattre ?

Il réagit moins violemment que je ne l'aurais cru : il devait déjà savoir qui avait envoyé Hunt à la mort. Je venais seulement de lui apprendre que ce n'était pas pour protéger Billy, comme il en était persuadé.

— C'est moi, en effet, dit-il dans un murmure.

Il était redevenu presque aussi pâle qu'au début de notre entretien et regardait fixement droit devant lui. Je me demandai s'il aurait la force de subir jusqu'au bout l'épreuve que je lui imposais. Pourtant, je devais continuer, il me fallait en finir.

— Qui vous a suggéré de me faire visiter votre musée, Mat, qui ?

— Personne... personne, dit-il d'une voix si rauque que je l'entendis à peine.

— Ne mentez pas, Mat, cela ne sert plus à rien.

C'est à cet instant que je vis la poignée de la porte de l'office s'abaisser. Quelqu'un essayait d'entrer par là. Cette personne n'allait pas tarder à faire une autre tentative ailleurs puisque j'avais fermé à clef. Je me levai et allai me placer derrière la porte principale ; Mat ne le remarqua même pas, il était complètement prostré.

— Confiez-vous à moi, Mat, dis-je très doucement afin qu'on ne puisse situer ma position d'après le son de ma voix.

Je n'eus pas longtemps à attendre, la porte s'entrebâilla très doucement et le canon d'une Winchester parut. Je l'attrapai et tirai dessus de toutes mes forces ; l'arme me resta dans les mains et Mrs Thorne fut précipitée dans la pièce.

18

Un rapide coup d'œil dehors m'apprit que Liz avait été assez intelligente pour ne pas revenir avec sa mère. Je verrouillai la porte ; cette fois, la minute de vérité approchait.

— Maybelle, pourquoi es-tu venue ?

Mat Spencer donnait maintenant l'image d'un homme brisé. « Mrs Thorne », en revanche, n'avait rien perdu de sa superbe et me considérait avec un mélange de mépris et de haine. Elle s'assit près de lui et se mit à fumer nerveusement.

— Lizzy m'a prévenue de ce que projetait cette garce, lui dit-elle, je ne t'ai malheureusement pas été d'un grand secours.

Je revins vers eux après avoir éjecté les balles de la carabine et abandonné l'arme derrière le sofa.

— Heureuse de vous revoir, Mrs Thorne, dis-je, à moins que vous ne préfériez que je vous appelle Mrs McCrea.

— Si vous voulez le savoir, Miss Touche-à-tout, mon nom légal est Mrs Spencer. Mat et moi sommes mariés depuis dix ans et, dans son testament, il reconnaît à sa fille le droit de porter le nom de Lizbeth Spencer. Puisque nos petits secrets vous intéressent, voilà de quoi vous satisfaire.

— Je me demandais quel prix élevé avait payé Mat pour vous faire accepter cette vie de recluse. Je comprends, maintenant.

— Vous ne comprenez rien, pauvre idiote ! C'est moi qui ai élevé John depuis sa petite enfance, c'était mon fils. C'était plus que cela, comme beaucoup de mères j'étais amoureuse de lui, d'autant plus que nous n'avions que dix ans d'écart et que nous n'étions pas du même sang. Je l'aimais, vous comprenez ? Non, vous ne pouvez comprendre, vous n'avez sûrement jamais aimé. A son mariage, j'ai cru mourir de jalousie ; j'avais poussé Mat à prendre des renseignements sur cette fille et nous savions qu'elle ne valait rien, mais John n'a pas voulu entendre raison et a menacé de quitter le ranch si nous l'empêchions de se marier. Mat a cédé, hélas ! Une fois Dixie parmi nous, ça a été l'enfer, elle s'est tout de suite rendu compte de mes sentiments pour John et n'a cessé de me narguer. J'ai pris la décision de quitter *Los Dudes*, Lizzy était assez grande pour diriger la maison à ma place. C'est alors que l'accident est arrivé ; vous pensez bien que je n'ai pas envisagé une minute d'abandonner mon John à des étrangers. C'est moi qui ai demandé à Mat de nous faire aménager la maisonnette de la forêt, ainsi je pourrais vivre avec John et le protéger de la méchanceté des gens. Naturellement, j'ai fait interdire notre porte à la catin qui lui a fait tant de mal. Nous avons alors changé nos noms et vécu repliés sur nous-mêmes ; seuls Mat, Lizbeth et Gavin venaient nous voir, puis Billy dès qu'il a été assez grand. Il a tout de suite aimé John, même s'il ignorait qu'il s'agissait de son père ; les liens du sang parlent. Bien sûr, tout cela n'a aucun sens pour une femme comme vous.

— Je suis néanmoins capable de comprendre que vous étiez heureuse de cet arrangement, et puis Davis Hunt s'est manifesté, il y a deux ans. Qui a-t-il contacté ?

— Moi, répondit-elle. Il m'a dit savoir que Clay et John ne faisaient qu'un et a prétendu pouvoir le prouver. Il affirmait avoir en sa possession un cahier où auraient figuré les empreintes de tous les élèves de la classe de John, à l'université ; une sorte de jeu auquel auraient joué les élèves.

— Ah ! voilà pourquoi il avait volé le verre de John en venant chez vous, dis-je. Vous en étiez-vous rendu compte ?

— Non, John emportait très souvent des objets dans la forêt pour jouer. Je n'ai pas fait attention.

— Les empreintes de John figuraient sur ce verre ; à partir de là, il était possible de fabriquer un timbre en caoutchouc reproduisant ses empreintes. Hunt aurait alors pu réaliser son prétendu cahier si cela était devenu nécessaire. Au fait, aviez-vous établi un rapprochement avec l'homme que vous avait amené Miguel ?

— Pas du tout, plusieurs mois s'étaient écoulés, et puis le maître chanteur s'était présenté comme un ancien camarade d'université de John, ce n'était vraiment pas le genre du personnage qui accompagnait Miguel.

— Bon, Davis Hunt vous a donc contactée, que vous a-t-il demandé ?

— Cent mille dollars en liquide, sinon il révélait tout aux journaux. Comme j'essayais de discuter, il a menacé de s'adresser à Mat, je lui ai dit de n'en rien faire et j'ai demandé un délai pour avoir le temps de réunir la somme. Il m'a dit qu'il rappellerait trois jours plus tard pour fixer le jour et l'heure du rendez-vous. Je ne voulais surtout pas que Mat soit mis au courant, il aurait abattu cet homme comme un chien. Pour éviter que notre secret soit découvert, il fallait que le mot chantage ne soit pas prononcé...

— C'est à ce moment-là que vous est venue l'idée de faire croire à une menace sur Billy ?

— C'est exact.

— Pourquoi t'accuses-tu, Maybelle ? intervint Mat. J'ai déjà dit à cette femme que j'assumais toutes les responsabilités. Nous étions d'accord tous les deux.

— Non, Mat, ne mens pas, nous n'étions pas d'accord, et je ne m'accuse pas, je m'explique. Je n'ai pas à avoir honte de ce que j'ai fait ; un maître chanteur, c'est comme de la vermine, cela s'extermine.

— Je ne dis pas non, Mrs McCrea, simplement j'aurais préféré que vous effectuiez le sale travail vous-même.

— Je ne voulais pas d'enquête, je n'étais pas totalement sûre de Blatney, c'est un type qui mord dès qu'il ne rampe plus.

— Vous avez donc tapé une lettre de menaces sur la vieille Underwood du grenier à foin.

— Oui, je me suis dit que personne ne se souviendrait de l'existence de cette machine et que je pouvais l'utiliser sans crainte. J'ai écrit la lettre dès le premier appel de l'homme et je l'ai emportée à la maison pour l'envoyer deux ou trois jours avant qu'il me fixe rendez-vous. J'aurais poussé Mat à demander la protection de la police ; pour Billy, il l'aurait fait.

— Seulement, Hunt ne s'est plus manifesté pendant deux ans, c'est ça ?

— C'est cela. Il m'a rappelée il y a quelques jours et, sans donner d'explication, il m'a réclamé les cent mille dollars.

— Vous n'aviez jamais parlé à Mat de la première tentative de chantage ?

— Jamais, l'homme n'ayant plus donné signe de vie, j'ai cru à un mauvais plaisant. Enfin, j'y ai cru jusqu'à ces derniers jours.

— C'est alors que vous avez envoyé la lettre que vous aviez conservée ?

— Oui, après avoir demandé un nouveau délai à ce Hunt ; il se doutait bien que je n'avais pas gardé l'argent chez moi pendant deux ans. Il m'a accordé quelques jours et m'a dit qu'il rappellerait.

— Alors le second point de votre mise en scène a été de mettre un masque blanc, d'effrayer Billy et enfin de faire un carton sur ma voiture.

— Oui. Mat ne prenait pas la lettre assez au sérieux. J'ai suivi Billy pour m'assurer qu'il ne courrait aucun danger, puis vous êtes apparue et je me suis dit que c'était une excellente occasion de faire croire qu'on en voulait au gosse.

— Maybelle ! s'exclama Mat Spencer d'un ton de reproche.

— C'est également vous, Mrs McCrea, qui avez tiré sur la Land Rover ?

— Bien entendu. Mat venait de me téléphoner qu'il emmenait le petit à Cable Canyon ; l'occasion était trop belle. Je suis un excellent fusil, toucher l'arrière de la voiture était un jeu d'enfant. Naturellement, la petite blessure de Billy n'était pas prévue au programme.

— C'est pourtant cet incident qui a le mieux servi votre plan. Le shérif et moi avons eu beau constater que Mat et l'enfant n'avaient couru aucun danger réel, nous nous sommes laissé impressionner par le visage en sang du gamin.

— Je n'en regrette pas moins ce ricochet malheureux ; si je devais tout recommencer aujourd'hui, c'est la seule partie de mon plan à laquelle je renoncerais.

— Vous saviez alors que j'avais été engagée ?

— Oui, et d'après ce que Honest John Mulligan avait dit à Mat, vous n'en étiez pas à une vie humaine près. Mat était très satisfait de vous ; moi, j'ai commencé à me méfier dès votre première visite. Toutes ces questions que vous posiez sur John...

— Je suis d'un naturel curieux, Mrs McCrea. Mais revenons à Davis Hunt. Comment l'avez-vous fait tomber dans votre piège ?

— C'est lui qui m'a proposé le musée, je ne sais pourquoi.

— Miguel le lui avait fait visiter.

— Ah ! voilà. Je lui ai dit que je m'y rendrais seule, puis j'ai aussitôt téléphoné à Mat ; je lui ai suggéré de vous faire visiter ses machines et d'emmener Billy pour le garder sous votre protection.

— Après la mort de Hunt, vous avez quand

même compris que Maybelle l'avait attiré dans un piège, Mat ?

— Pas immédiatement, je l'avoue, dit-il. Je dois vous paraître très stupide, Miss Evans, mais je ne me suis posé aucune question. J'étais tout à ma joie de savoir Billy hors de danger. Puis vous avez fait observer que cet homme n'aurait pu nous attendre au musée sans l'intervention d'un complice et j'ai alors compris que Maybelle avait dû l'attirer là. J'ignorais tout du chantage et j'ai préféré ne pas chercher à comprendre ; j'ai été lâche.

— Vous savez tout maintenant, conclut Mrs McCrea. Mat n'a rien à se reprocher, certes il a blessé John, mais sans le vouloir, et depuis nous avons organisé notre vie comme nous l'entendions ; après tout, cela ne concerne que nous. Quant à la façon dont j'ai éliminé Hunt, vous savez parfaitement que vous ne pouvez rien contre moi. D'accord, il y a la machine à écrire ; mais Miguel connaissait son existence et était un ancien complice de Hunt ; or, il est en fuite, ce qui est une présomption de culpabilité. Maintenant, je vais téléphoner à notre avocat.

— Je ne vous conseille pas de le faire, dis-je fermement comme elle faisait mine de se lever.

— Prétendriez-vous m'en empêcher par la force ? Vous n'en avez pas le droit !

— Ce droit, je le prends, asseyez-vous.

Nos regards se croisèrent, elle me défia un instant puis se laissa tomber en arrière. Elle savait qu'elle n'était pas de taille. Pour se donner une contenance, elle alluma une cigarette.

— Calme-toi, Maybelle, il ne faut pas mêler un avocat à cette histoire, nous devons la régler entre nous. Que voulez-vous, Miss Evans ? De l'argent ? Je vous donnerai ce que vous voudrez, mais laissez-nous en paix.

— J'ai donné la moitié de la somme que vous m'aviez remise, Mat, celle que je n'avais pas gagnée, au seul ami qui restait à Davis Hunt. Non, j'ai bien peur que l'argent ne m'intéresse pas.

— Alors, que voulez-vous ? intervint rudement Maybelle McCrea. Mat ne peut être poursuivi pour un geste malheureux ; quant à moi, vous ne pouvez rien prouver. Nous n'avons rien à nous reprocher.

— Tu parles !

La voix avinée de Dixie avait retenti au haut des marches de l'escalier. La jeune femme avait revêtu une invraisemblable robe du soir rouge aux épaules dénudées.

— N'écoute pas ce qu'ils te racontent, Carol, à les entendre, ces deux-là sont blancs comme neige...

— Allez vous coucher immédiatement, Dixie, vous êtes encore ivre ! lui cria Mat, hors de lui.

— J'en ai marre de me taire, hurla-t-elle, ça fait dix ans que je me tais. Je n'en peux plus. Aujourd'hui, je vais dire ce que j'ai sur le cœur et tant pis si vous en crevez !

— Ne l'écoutez pas, elle ne sait pas ce qu'elle dit ! s'écria Mat qui commençait à donner des signes de panique.

— Nous verrons bien, laissez-la venir.

Dixie n'avait pas attendu mon encouragement ; cramponnée à la rampe, elle descendait marche à marche. Elle s'arrêta aux deux tiers de l'escalier et dut s'asseoir, prise d'une crise de hoquet.

— Allez-vous nous imposer plus longtemps cette scène sordide ? me demanda Maybelle McCrea.

— Ecoutez la vieille putain ! s'esclaffa Dixie. J' suis peut-être sordide, mais sûrement pas plus que vous.

Elle parvint péniblement à se remettre debout en

s'agrippant aux barreaux de la rampe et descendit encore trois marches.

— Non, mais tu as entendu Mat, me dit-elle, cette belle âme. Il a giflé son fils, tout est sa faute, un geste malheureux... Je vais te la dire, la vérité, moi...

Elle marqua un temps d'arrêt, comme pour donner plus de poids à sa révélation.

— Mat n'a jamais touché John.

J'avoue que je ne m'attendais pas à ça, mais alors là, pas du tout. Je me demandai même si je devais accorder quelque crédit aux divagations de cette alcoolique. Puis je regardai Mat, et je constatai l'effet dévastateur qu'avaient eu les quelques mots de Dixie ; il était redevenu livide et transpirait à grosses gouttes. Il se leva.

— Au nom du ciel, Dixie, taisez-vous ! J'ai commis une faute, c'est vrai, et je l'expie durement chaque jour. Mais vous avez juré de vous taire et vous allez le faire, bon sang !

— C'est vrai, j'ai juré, mais tant pis, je ne me tairai pas, Mat, je ne me tairai plus, c'est fini. J'ai crevé d'ennui dans cette baraque pendant plus de dix ans, j'y ai perdu toute ma jeunesse, maintenant c'est fini. FINI !

Elle hurlait.

— Mat n'a pas levé la main sur son cher fils, c'est John qui lui cassait la gueule ; c'est mon cher mari qui frappait son père et qui, emporté par l'élan, a trébuché et s'est brisé le crâne contre les chenets de la cheminée. Voilà la vérité ; j'y étais, elle aussi, ajouta-t-elle en désignant Mrs McCrea.

» Et veux-tu savoir pourquoi John cassait la gueule à son ordure de père ? reprit-elle.

Un silence absolu suivit cette déclaration. Mat et Maybelle étaient comme pétrifiés et je compris que nous avions enfin atteint le nœud de l'affaire.

Dixie acheva péniblement de descendre l'escalier et s'affala dans le plus proche fauteuil. Elle considérait Mat et Mrs McCrea avec un sourire méchant. Elle savourait une vengeance à laquelle elle devait rêver depuis longtemps.

— Voulez-vous le lui dire, Mat ? demanda-t-elle doucement. Voulez-vous lui dire pourquoi votre fils préféré vous a sauté à la gorge ? Salaud !

Il ne réagit pas à l'insulte. Il ressemblait maintenant à une statue de cire.

— Eh bien, je vais le dire, moi, puisque Monsieur est devenu muet. John était un garçon romantique qui idéalisait les filles. Il les prenait pour des anges... tu parles ! Pourtant une femme — je ne serais pas surprise que ce soit cette salope de Maybelle — lui avait appris à reconnaître une vierge. Notre nuit de noces a été un désastre et les choses ne se sont pas arran...

Elle dut s'interrompre, secouée par une crise de hoquet.

— ... arrangées par la suite. Après quelques semaines, il a cessé de me toucher. L'ennui, c'est qu'un peu plus d'un an plus tard j'étais enceinte de Billy. John est devenu fou furieux et a décidé de me chasser avant de divorcer. Ce qu'il ne savait pas, c'est que c'était son père qui m'avait prise de force... Ce salaud m'a violée et m'a menacée de me battre si j'en parlais à John. J'étais jeune, terrifiée ; je me suis tue jusqu'au moment où mon ventre s'est mis à s'arrondir. Mat savait que je portais un vrai Spencer, pas un bâtard ; aussi, devant l'insistance de son fils à me renvoyer, il a été obligé de tout lui avouer. John a vu rouge et s'est jeté sur lui. C'est alors que l'accident s'est produit.

— Mat !

Le cri que venait de pousser Maybelle McCrea nous fit sursauter. Elle tenait le vieil homme à bras-le-corps ; la tête de Mat Spencer était tombée sur sa poitrine, inerte. Elle appuya son oreille contre la poitrine de Mat, puis se retourna vers moi, telle une furie.

— Vous l'avez tué ! s'écria-t-elle.

— Le remords l'a tué. Il n'a pu survivre à l'évocation de son crime, car le viol est bien un crime, et c'est lui qui a déclenché tout ce drame.

— On ne viole pas une putain, pauvre idiote. C'est vous qui avez provoqué la mort de Mat, je vous poursuivrai en justice.

— Vous n'en aurez pas l'occasion, Mrs McCrea.

Je me levai, passai derrière Dixie et appuyai au point sensible derrière la nuque ; elle s'endormit instantanément.

— Que lui avez-vous fait ?

— Nous n'avons pas besoin de témoins, n'est-ce pas ?

— Que voulez-vous dire ?

— Simplement que je vais vous tuer, Mrs McCrea.

— Quoi ! Etes-vous folle ?

— Mat Spencer a commis un crime, c'est vrai, mais au fond de lui-même, il était resté un honnête homme. C'est vous qui êtes responsable de tout depuis l'accident de John ; c'est vous qui avez enfermé cette famille dans ce carcan de mensonges ; c'est vous qui avez résolu l'assassinat de Davis Hunt et qui vous êtes servie de moi comme d'une arme. Cela, voyez-vous, je ne puis vous le pardonner ; si je donne la mort ou si je laisse la vie, c'est moi, et moi seule,qui en décide.

— Vous êtes complètement folle ! répéta-t-elle.

— Certains le prétendent et c'est pour cette raison

que je n'appartiens plus au service qui fut le mien. Aujourd'hui, c'est tant pis pour vous.

— Mais... si vous me tuez, qui s'occupera de John et de Billy ?

— Votre fille, Lizbeth. N'ayez crainte, elle aime se dévouer. Au fait, savait-elle que Billy était son demi-frère ?

— Non, nous n'étions que trois à être au courant. Qu'importe, à présent ?

Maybelle McCrea se leva et me fit face. Elle était presque aussi grande que moi et en imposait par son calme. Elle me regardait avec une haine méprisante, comme si elle me mettait au défi de mettre ma menace à exécution. Je me levai à mon tour et m'approchai d'elle.

— Vous ne me faites pas peur, vous n'oserez pas me tuer de sang-froid, me dit-elle. Aucune femme n'en tuerait une autre ainsi, à mains nues, comme une bête féroce. Ne soyez pas ridicule.

Je la fixai intensément, je sentais monter en moi une extraordinaire tension nerveuse. Peu à peu, je fus prise d'un léger tremblement tandis que ma respiration devenait haletante. Aurais-je voulu reprendre le contrôle de moi-même que j'en aurais été incapable ; aucun acte au monde ne me procure une sensation aussi forte que de donner la mort. Mon ventre me brûlait...

Maybelle McCrea s'aperçut de la transe à laquelle je succombais, et elle prit peur. Elle saisit un chandelier de cuivre, tenta de me frapper. Du tranchant de la main gauche, je lui brisai le poignet, tandis que de l'autre main je lui agrippai le cou et lui broyai la gorge. Elle était morte avant de toucher le sol.

Je dus m'asseoir un moment afin de recouvrer mon calme ; j'étais trempée de sueur et mon cœur battait follement dans ma poitrine. Il me fallut plusieurs minutes avant d'être capable de penser normalement.

La situation ne se présentait finalement pas trop mal. Mat Spencer était mort d'une crise cardiaque, Dixie pourrait en témoigner et l'autopsie le prouverait sans peine. En ce qui concernait Mrs McCrea, le problème était un peu différent ; certes elle m'avait attaquée avec un chandelier et j'étais en état de légitime défense. Toutefois je n'avais nulle envie de devoir témoigner en justice et, soyons franche, je tenais encore moins à affronter Lizbeth. Ma foi, Blatney se débrouillerait, la mort de Mat avait été naturelle et il ne devrait donc pas y avoir de gros problèmes.

Je pris la vieille lampe à pétrole et en versai le contenu sur le corsage et le cou de la femme puis je jetai la lampe à terre. Je fis basculer le corps de Mat, son pied semblait avoir renversé le guéridon sur lequel reposait la lampe ; enfin, je rallumai une cigarette à demi consumée de Mrs McCrea et m'en servis pour allumer le pétrole. Je chargeai Dixie sur mon dos et quittai la pièce.

Dehors, j'appelai aussitôt de l'aide ; Gavin apparut, suivi de quelques péons. Je leur expliquai que Mat Spencer était mort d'une crise cardiaque et avait entraîné « Mrs Thorne » dans sa chute. Le feu avait alors pris accidentellement et tout ce que j'avais pu faire avait été de traîner dehors Dixie, ivre morte.

Tous les hommes présents s'élancèrent pour combattre le début d'incendie. L'un des péons m'aida à transporter Dixie chez Kate à qui je pus refaire le récit des événements. Je lui demandai de prendre soin de sa belle-sœur ; Dixie commençait d'ailleurs à reprendre conscience.

— Mat est mort, n'est-ce pas ? me demanda-t-elle.

— Oui, lui dis-je. Ne t'inquiète pas pour Billy, il est avec Lizbeth dans la maison des Thorne. Tout est fini, maintenant.

Je ne sais pas si elle me comprit.

Lentement, indifférente à l'agitation qui m'entourait, je regagnai ma voiture et m'éloignai de *Los Dudes*. A quelque distance de l'hacienda, je dus quitter la route pour laisser passer les voitures de pompiers. Je descendis de la Cadillac et regardai au loin le rougeoiement de l'incendie qui colorait la nuit sous la clarté lunaire.

Tout d'un coup, une lumière étrange se projeta sur la route, et je me retournai pour voir d'où pouvait jaillir une lueur si singulière, car je n'avais derrière moi que le vaste château avec toutes ses ombres. Le rayonnement provenait de la pleine lune qui se couchait, rouge de sang (1).

C'était la chute de la maison Spencer.

(1) Extrait de *la Chute de la maison Usher*, d'Edgar Poe, traduction de Charles Baudelaire.

ÉPILOGUE

La nuit même, de retour à Los Angeles, un câble m'attendait. Je l'ouvris fébrilement : il m'annonçait ma réintégration.

Sans doute ne saurai-je jamais si je la devais à l'intervention de Honest John Mulligan, ou si tout simplement quelque fonctionnaire racorni avait jugé mon purgatoire suffisant. Qu'importe, j'étais réintégrée.

Une joie immense m'envahit, j'allais enfin revivre. Après tout, je l'avais bien mérité, cela faisait des mois que je menais l'existence rangée d'une petite bourgeoise. Ma vraie nature allait pouvoir reprendre le dessus, j'allais redevenir moi-même.

De nouveau, je serais agent d'Action.

Achevé d'imprimer sur les presses de l'imprimerie Brodard et Taupin
58, rue Jean Bleuzen, Vanves. Usine de La Flèche,
le 15 mars 1984
1879-5 Dépôt Légal mars 1984. ISBN : 2 - 277 - 21614 - 3
Imprimé en France

1614
★★★

Editions J'ai Lu
27, rue Cassette, 75006 Paris
diffusion France et étranger : Flammarion